亦
舒
作
品

亦舒
作品
19

亦舒 著

# 爱情只是古老传说

湖南文艺出版社　博集天卷

# 目
录

## 三 _063

几乎每个漂亮女子身边，
总有如此不成才的男人，
不是兄弟，就是爱人。

## 四 _103

原来每个人都可以受到引诱，
每个人都有可能变质。

## 五 _149

一个人必须有两个好友，
你的律师及你的医生。

# 六 _177

像从前那样，
世界只剩他们二人，
他只信她，
她也只信他。

# 七 _215

内疚是一种极高层次的感觉，
我同你求生还来不及，
怎会有这种奢侈。

# 一

一夜大雪，

银皑皑像糖霜似的罩住地面，

一片洁白，

叫人心旷神怡。

这是小镇上唯一的餐车：一辆货柜车改装的小食店，供应咖啡、汽水、三明治及汉堡热狗，二十世纪五十年代曾经十分流行，后来经济跃升，人们对餐馆要求渐高，餐车便式微。

到了今日，餐车成为一种有趣的玩意儿。

有人将老餐车买下，重新装修营业，傍晚吸引一群中学生来吃刨冰，白天有工人享用快餐，生意不错，支撑得住。

老板把生意交给一对中年夫妇——松山与他的妻子。这两人的一子一女都是专业人士，一个是医生一个是律师，早自松鼠镇飞了出去，很少回来探视，两人尽心尽力帮老板做生意。

这一日，松山嘀咕道："彤云密布，要下雪了。"

他妻子贞嫂说:"天气却不冷,我还穿单衫。"

他俩预备打烊,忽然来了两车游客,一行八个华裔,又倦又饿,看到同文同种同胞,大喜过望,纷纷要求吃蛋炒饭、牛肉面。

贞嫂只得亲自下厨,应付乡亲,忙得不亦乐乎。

一小时后游客们上车继续行程,付了很丰厚的小费,说些什么"四海之内皆兄弟也""月是故乡明"之类的话。

其实国际机场并不太远,一小时车程就到,乘十二小时的飞机他们就可以回到家乡。

贞嫂挥着汗边收拾边说道:"今晚不会有其他客人了吧。"

松山拎着垃圾到后门,忽然听到窸窣声响。

"谁?"他警惕呼喝。

垃圾箱旁一个黑影窜入黑暗里。

小小停车场照明不足,松山怕是黑熊出没,他没打算与野兽搏斗,迅速扔下垃圾进屋。

贞嫂揶揄:"还指望你保护我呢。"

松山叹口气:"怪不得孩子们不愿回来。'你们家乡叫什么?''松鼠镇。'嘿!"

贞嫂不以为然:"英雄莫论出身。"

"只得一所小学与一所中学，年轻人都想往大城市发展。"

贞嫂说："迟些他们会回来。"

"木厂关门后松鼠镇更萧条了。"

贞嫂说："也不然，酒庄业绩很好，整季我们都做葡萄工人的生意。"

"酒庄雇用许多流动工人，我老得防着他们。"

贞嫂感喟："一般是年轻人，哪里有工作，便走到哪里，夏季摘草莓，秋季采葡萄，四处为家。"

"你说是不是要读好书？"

"有些人命运是这样，四处游走，不愿安定，他们有他们的乐趣。"

"天气渐冷，躲往何处？"

"我看到有人在酒庄附近生火取暖过夜，被镇长派人警告赶走。"

"小镇最怕山火。"

贞嫂把不锈钢台凳擦得铮亮。

松山问："老板多久没来了？"

"一个多星期。"

"要不要去看他？他身体如何，记得带他最爱吃的椒酱肉，给他下银丝面。"

"我打了电话，他说他有点咳嗽，无大碍。"

两夫妻沉默了，关上店门，锁好，回家。

那一夜，气温骤降十度八度。

一早五点多，贞嫂到餐车开门做生意，看到地上有浅浅白霜，霜上有杂乱脚印。

她立刻警惕："什么人？"

这时，垃圾箱打开，有人爬出来，那人穿着厚厚的不称身的衣服，一顶绒线帽子压在额角。他自垃圾堆里出来，自然浑身异味。

他朝贞嫂打躬作揖道："老板娘，给些热的食物吧。"

声音属于年轻人。

贞嫂不忍道："你在外边等着。"

她觉得自己过分，换了是狗，她会放它进餐厅。可是，就因为是人，所以才小心防范。

她开锁进门，又在里边锁好。

她做了鸡蛋火腿三明治，又包好几只炸鸡腿与薯条，连同一壶热咖啡，放在篮子里，拿出去交给年轻人。

她给他五十块钞票说："乘车回家去。"

年轻人抬起头："谢谢老板娘。"

"我也是伙计，不用谢我，你父母牵记你，回家吧。"

年轻人怪讨人喜欢的，脱下帽子，朝贞嫂鞠躬。

贞嫂看到他的面孔，原来是同胞，浓眉大眼，相貌不错，只是沦为讨饭，十分邋遢。

他走远了。

贞嫂松口气，身后有人说："是流动工人吧。"

贞嫂转身，原来是熟客，连忙笑说："快进来喝杯热咖啡。"

那客人说："贞嫂，好心做不得，你给他一次，以后他天天来，这同喂野生动物一般，日后每晚有一群黑熊在后门守着，多麻烦。"

贞嫂瞪他一眼。"真有你的，把人比熊。"

她给他做了例牌香肠煎蛋，一大碟克戟[1]加枫树糖浆。

客人陆续上门，她忙起来。

松山随后搬着货物进门，贞嫂没有向他提及流浪汉的事。

客人谈论着天气。

"今年会下大雪。"

---

[1] 克戟：Crepe，也就是法式薄饼。 ——编者注（本书脚注均为编者注。）

"多讨厌，还好我已经准备好发电机，万一停电，还可以看电视。"

"大前年老安德信一早铲雪，忽然气喘，就那样倒毙雪地。"

"孩子们可高兴了，一下雪，马路变成游乐场。"

小镇人们谈论的，不外是这些。

午后，稍有空闲，松山问妻子："老板今日可会出来？"

"我看不会，快下雪了，他怕冷。"

"那我去看他。"

"让他出来走动一下，聊天散心。"

"我试试。"

松山到后门搬货，忽然叫出来："有小偷！"

贞嫂跟出去看："不见了什么？"

"一箱鸡蛋，还有好几条面包。"

贞嫂忽然想起那个讨饭的年轻人，没有出声。

松山恼怒："叫我抓到了，打断他的狗腿。"

贞嫂把他拉进室内："也许是黄鼠狼。"

松山喃喃咒骂："治安一日坏似一日，以前，夜不闭户。"

"以前你只得十二岁。"

下午，中学生放学，生意又好起来。

他们说："松伯，装一台点唱机让我们跳舞。"

松山哧一声："就是怕你们这班人吵闹。"

"二十世纪五十年代就有点唱机。"

"我们都无处可去，社区中心来来去去只是电脑班、远足、绘画……闷死人。"

他们吃完刨冰、香蕉船与奶昔离去。

贞嫂在他们身后说："做好功课，练妥功夫，将来到纽约去。"

松山嗤之以鼻："给我百万也不去大城市受罪。"

太阳早下山，贞嫂说："一下子天就黑了。"

松山把食物取出，道："我去老板家。"

"早去早回。"

"你一人小心。"

直到八点打烊，贞嫂并没有看到什么异样。

两个熟客叫一杯咖啡在餐厅里下棋吃花生好几个小时。

松山回来了。

贞嫂迎上去："他还好吗？"

松山点点头，道："家里很暖和，恒温二十四度，管家招呼十分周到，他精神不错，在设计一款电脑游戏。"

贞嫂松一口气。

"我嘱咐他运动，他让我看他新置的跑步机器，地库不乏运动器材，你大可放心。"

贞嫂说："他还年轻……"

"谁说不是。"

两夫妻这时噤声，不再在背后说人闲话。

客人扬声："大雪你们还开门吗？"

贞嫂替客人添咖啡。"什么叫大雪，齐膝还是齐腰？"

松山答："但凡气象局宣布学校关闭，我们也都休息。"

客人说："明白。"

他们各自吃完一个甜圈饼，依依不舍地离去。

贞嫂说："熊也该冬眠了。"

秋季四窜过马路的松鼠也都销声匿迹，这个镇叫松鼠镇，自然是橡树茂盛，松鼠特多的缘故。

而小餐车也一直叫作松鼠咖啡，老板重新装修营业，看到旧招牌写着"松鼠"二字，他很高兴，这样说："任何从前光顾过'松鼠'的老人家，可吃一客免费早餐。"

那天来了五十多人。

小镇只得千余人口，只得两家华裔，一家已不谙汉语，每个人认识每个人，叫不出名字，只认得面孔。

镇上有一条红河，秋季两岸树叶转红，倒映河上。河水清澈，岸边有人垂钓，也有游客来写生观景。

这是一个风景如画的小镇，曾经有旅游杂志指出这一带环境优美得"虽不是天堂，但已接近"。

天天在此生活的人当然知道小镇的缺憾：工作职位越来越少，留不住年轻人。

松山锁上门，上车，忽然看到垃圾箱边有影子。

他赶紧把车开走。

第二天一早开门，他把牛奶桶抬进店后厨房，忽然看到有人向他走近。

松山伸出手去，抓住一条铁管，不动声色。

那人个子不高，身上穿着肮脏的厚厚旧衣，戴帽子，他看上去像一堆会走路的烂布。

松山瞪着他："谁？"

那人嗫嚅："可要帮工，什么都做，洗地抹窗。"

松山答："没有工作，我们不需要人手。"

那人低头："那么，可有热饭？"

"没有多余食物，你走吧，别在此逗留，气温会降至零下，你得往西南走。"

"请你给些面包牛奶。"

松山心肠刚硬，正想问你还要不要奶油蛋糕，贞嫂已经包起若干食物交给那乞丐。

松山顿足："万万不可。"

贞嫂说："快走快走。"

那乞丐转身急急离去。

松山斥责："以后他会天天来！"

贞嫂叹气："你没看出那是个女孩子？"

松山一怔："你怎么知道？"

贞嫂不出声，她看到乞丐裤子上有暗红血渍。

连先前那一个，一共两个年轻流浪人，还有更多吗？为他们安全起见，还是通知警方妥当。

小小派出所在消防局隔壁，警员听完陈词，这样说："贞嫂，你两名子女都已住在城里，你们实在应该跟去享福。"

贞嫂好气又好笑："你沿路找一找，看他们在什么地方扎营，趁早搭救。"

"遵令。"

贞嫂又慢车在路上巡了一下，树叶纷纷落下，看得比较清楚，路一边是山坡，另一边是斜坡，斜坡下就是迷失湖，相信流浪的年轻人会挑水边生存。

她只看到一个破帐篷，像一只落难风筝，已不足以挡风雨。

她一无所得回转店里。

松山对妻子说："你别多管闲事，小镇并不如人家想象那般宁静，去年在山坡下发现腐尸的事你忘了？那人身份至今未明。"

贞嫂点头："是一名哥加索[1]年轻男子，年十五至十八，无人认领报失，是个流浪儿。"

"你不是社会工作者。"

"动物也懂得守望相助，自己镇上不知多少名流浪儿，政府却忙着资助非洲饥民。"

"怪起社会来了。"

"这些孩子为什么没有家，家长都到什么地方去了？"

这时一群女学生推开门进来，叫了冰激凌，坐下谈前程。

"乔治说毕业后先结婚，然后到城里找工作，即使赚最低

---

[1] 哥加索，即白人。

工资，也够生活。”

“我成绩不差，希望升大学。”

“我不想那么早嫁人，可是，家里却没有能力供给大学费用，我想先打工，后升学。”

她们都有前途。

“看护学校急等人用，我阿姨愿意收留我六个月。”

“那真是一个好开始。”

“我会想家的。”

她们忽然来一个合抱，几个妙龄女子拥成一堆，煞是可爱。

贞嫂轻轻问：“可是明年六月毕业？”

她们点点头。

“好好准备大考。”

女生们嘻嘻哈哈洋溢着青春离去。

贞嫂低头为她见过的两个乞儿惋惜。

怎会沦落到那种地步，她真难以想象。

稍后，贞嫂正在洗刷炉灶，忽然听到汽车引擎声。

她抬起头来，惊喜万分。

她扬声：“老板来了。”

她放下一切跑出去开门迎接。

两只纯白色雪地赫斯基犬[1]先跳下吉普车，围住贞嫂双腿打转。

接着一个年轻人缓缓下车。

松山笑着迎上。"老板你出来怎么不通知我一声。"

"我来喝杯咖啡。"

他中等瘦削身段，脸色苍白，左腿短了一点，走路略为困难，可是一团和气，笑容可掬，并无架子。

他坐在窗前，一边喝咖啡一边阅报。

松山夫妇知道他的习惯，不去打扰。

忽然之间，天上下起雪来，静悄悄雪花飘落，零零散散，先在上空微微打转，然后轻轻落下，很快铺成白色一层霜。

贞嫂过去轻轻问："圣诞节给你带棵树来可好？"

他摇摇头："不用麻烦。"

他放下报纸，准备回去。

松山陪他到停车场。

这时，先前那个乞丐又出现了，远远站着，不敢走近。

---

[1] 赫斯基犬：英文 Husky 的音译，雪橇犬，现多称为哈士奇。

鹅毛般大雪落在她头上肩上，看上去分外凄凉。

年轻的老板诧异："都下雪了，所有临时工都已结束，这工人为何不走？"

"她是乞丐。"

"镇上有庇护所，她该去那里避雪。"

贞嫂替他关上车门，他开着车与狗离去。

贞嫂转过头来，想伸手招那乞丐。

一刹那她已失去影踪。

松山顿足："不好。"

两夫妻跑回餐车，发觉柜面上所有食物已经消失：蛋糕、甜甜圈、水果……

贞嫂连忙去看收银机，松口气，还好，现款还在，小偷来不及偷钱。

松山喃喃说："手真快。"

贞嫂说："算了。"不算也得算。

"以前，这一带可真是夜不闭户。"

"可是，从前我也常常进邻居太太厨房找松饼吃。"

"她认识你，看你长大，那又怎么一样。"

贞嫂坐下说："老板精神还好。"

"算是难得，至今未曾寻获配对骨髓，医生说是这几个月的事了。"

贞嫂落泪："这叫人怎么舍得。"

"来，把垃圾抬出去。"

现实最凶，叫人没有时间伤春悲秋。

做妥杂务，两人坐下斟杯热茶聊到将来。

"他可有安排后事？"

"听说打算把餐车出让。"

贞嫂说："不如我们接下来做。"

松山问她："你觉得生意如何？"

"收支平稳。"

松山摇头："这不是赚钱生意，我俩仅有一点积蓄，不可掉以轻心。"

"孩子们已经大了，可以大胆些。"

松山反对："你看那些乞丐，就是因为胆大妄为，高估自身，才招致堕落。"

贞嫂揉揉双眼："我疲倦了，回家去吧。"

他俩住在不远处的一间小小平房，四周都是长青大松树，这时，树梢已积着白雪。

松山低声说："真像圣诞卡上的图画。"

贞嫂左眼皮却不住颤动，仿佛有什么不安预兆。

她累得靠在安乐椅上就睡着了。

一夜大雪，银皑皑像糖霜似的罩住地面，一片洁白，叫人心旷神怡。

松山接到子女问候电话，说了几句："是……大雪，大家小心，我们无恙，不劳挂念，有空回家看我们。"

挂上电话，他看着窗外，半晌自言自语："只要他们开心就好。"

贞嫂从厨房出来："收音机新闻报道学校休课。"

"那我们也不用回店里去，放假一日。"

贞嫂说："我有点不放心。"

"又是女人的灵感吧，你们老是疑神疑鬼，事事挂心，可是待真的危险来了，又不察觉。"

贞嫂没好气："对，全仗你保护我。"

"你想去什么地方，只要车开得动，我陪你去。"

"回店里看看。"

松山莫名其妙："有什么好看，天天在那里打工。"

"去把小货车开出来，顺道给老板送新鲜水果去。"

松山只得梳洗更衣，把货车驶出，在轮胎上装上铁链，这时雪下得更大。

他看一看妻子，贞嫂肯定地答："非出去不可。"

小货车缓缓驶出马路，在雪地上轧出第一道轮胎印。

松山喃喃说："这么早，一个人也没有。"

贞嫂也不知她坚持驾车出来是为什么。

车子慢驶，她一路留神。

电光石火之间，她明白了。

她一早出来是为了救人！

只见路边蹲着一个人，几乎已经冻僵，可是一见车子，拼力站起挥手截停车子。

贞嫂有点激动："停车。"

松山把车缓缓刹停。

那人奔近，摔跤，再爬起，攀着车边大喊："救命，救命。"

贞嫂认得这个人，她正是那个乞丐兼小偷。

这时她牙齿打战，污垢的脸上淌下眼泪，她哀求："快救我兄弟。"

她还有兄弟！

松山忙问："在什么地方？"

"他在山坡下，他受伤，不能走路，求你救他。"

松山说："你带路。"

贞嫂下车，自车后备厢取出绳索、手电筒及毯子。

松山一把抓住他惯用的长枪。

"你俩先走。"

松山拨电话到派出所，无人接听，松山气结。

那斜坡极陡，雪后尤其不好走，贞嫂扶着树枝举步维艰。

她看到一辆生锈烂车，不知何年何月被人弃置在此，竟被两个流浪儿当作临时居所。

如此褴褛，怎能挡得住风雪严寒。

那女孩几乎滚下山坡，再站好用力拉开车门，松山看到一堆烂布跌出来。

啊，那是一个人。

贞嫂奔过去，扶起他，拨开他头发，看到两道浓眉，她认出这是第一个来乞讨的年轻人，原来他们是兄妹，一直没有离开松鼠镇。

他的身上触手滚烫，明显在发高烧，浑身软弱无力，可是又不甘示弱，痛苦挣扎。

这时松山把长枪交给妻子，提高声音："伏到我背上，我背你上去。"

　　褴褛的年轻人知道这是他唯一的救星，喘着气，由松山背起他。

　　他们四人缓缓走回车上。

　　兄妹俩在车斗里瑟缩。

　　大雪下他俩像《安徒生童话》里在森林遇难的小兄妹。

　　松山不禁叹气："你们为什么不回家？"

　　细小的声音答："没有家。"

　　"父母呢？"

　　"没有亲人。"

　　"你们想到什么地方去？"

　　"请收留我们，直到我哥哥病愈。"

　　松山说："我把你们送往派出所。"

　　"不。"那女孩十分坚决，"我们不去派出所，我们已满十八岁，你丢下我们好了。"

　　她强拉兄弟下车。

　　贞嫂喊："慢着，你们从何处来？"

　　"东岸的孤儿院。"

　　"你们是华裔？"

她点点头。

"叫什么名字？"

"我叫恕之，哥哥叫忍之。"

贞嫂心想，多么奇怪而文雅的名字，一定是孤儿院某文胆的杰作。

"你们姓什么？"

"姓深，孤儿院用'深感神恩'四个字做孤儿姓氏，我们在那里待了十年，一直没人愿意领养年长孤儿，我俩才自动离去。"

松山叹口气，不出声。

他与妻子面面相觑。

"我们什么都会做，打扫、洗刷……"

松山说："坐稳车。"

他坐上驾驶位，把车驶往店里。

他轻轻说："救人救到底。"

"可是……"这次轮到贞嫂犹疑，"我们不知这二人底细。"

"先安排他们在旧谷仓住，养好病，再做打算。"

"还是通知派出所妥当。"

松山反问："我雇两名工人也得知会警察？"

　　贞嫂叹气。就这样，他们收留了两名流浪儿。

　　根据统计，十三至十九岁街童平均在街上生活六年就会因毒品、疾病、仇杀死亡。

　　松山夫妇救人心切，不能再计较后果。

　　贞嫂伸手轻拍松山背脊，表示支持。

　　松山点点头。

# 二

开头也哭过，
想得久了，渐渐麻木，
告诉自己，
即使没有，也得活着。

旧谷仓是松鼠餐车的储物室，就在附近，打开门，只见底层整齐放着各种机器工具：剪草机、电锯、英泥、花种……应有尽有。

半层阁楼有楼梯可以走上，曾经租给学生居住，小床小台小凳，还有小小浴间。

贞嫂取出干净衣物，放在一角："我去取食物。"

松山说："我去请医生。"

两兄妹紧紧搂在一起。

他俩已被环境折磨得不似人形，可是，在谷仓幽暗的光线下，贞嫂看到两双像赫斯基犬般明亮警惕野性闪闪生光的眼睛。

贞嫂略觉得不安，可是又感到放心，那种精光表示他俩健康没有问题。

"医生就快来，请先淋浴。"

她去准备热菜热饭。

雪下得更大了，绵绵不尽飞絮般飘下，一下子有膝盖那么深，穿雪靴走路都有点艰难。

他俩洗漱过，换上新衣，看到食物，狼吞虎咽，用手抓起，塞进嘴里。

双手指节擦伤破损，指甲灰黑，都是流浪生活的恶果。

贞嫂向他们招手，他们走近，贞嫂替他们检查头皮，寻找虱子。

因为天气寒冷，寄生虫不易繁殖，万幸未有小小白虱。

医生来了。

六十多岁白发老头，穿得似不倒翁，嘟囔着："大雪天用长枪指着叫我出诊，有什么事？吃两颗阿司匹林不就行了。"

他诊视病人，听了心脏及肺腹，按过淋巴结，看过喉咙舌头眼睛。

他说："风寒发烧，每天四次阿司匹林，多喝鸡汤与清水，雪停了再来找我。"

贞嫂愕然："就那么多？"

"小伙子一下子就复原，不必担心，但是，这两个孩子太瘦，须好好吸收营养。"

贞嫂送医生出去，低声问："依你看，他俩过了十八岁没有？"

"大臼齿已经长齐，不止十八岁了。"

贞嫂放心。"医生，多谢你出诊。"

"我正在书房喝热可可吃蓝莓松饼读小说，被松山无情拉扯出来。"

贞嫂唯唯诺诺，碰到老人唯一方法是只得任他噜苏[1]。

她回到谷仓，看到那女孩朝她深深鞠躬。

贞嫂说："不必这样。"

换上男子工作服的她个子只有一点点大，头发天然鬈曲，梳成一条辫子，头发皮肤都干枯发黄，似大病初愈。

贞嫂顿感心酸："有什么事，待雪停后再说吧。"

她留下药物食物，告诉两人："明朝再来看你们。"

女孩轻声问："两位尊姓大名。"

贞嫂"啊"一声："他是松叔，我是贞嫂。"

---

[1] 噜苏：似"啰唆"，多用于吴地方言。

女人永远要比同龄男性年轻一截。

贞嫂看着她："你是恕之，哥哥叫忍之。"

"是，贞嫂。"

"早点休息。"

松山夫妇回家去，下午，雪停，家家户户出来一边铲雪，一边高声交谈。

孩子们扔雪球、堆雪人，希望明日也是假期，坐在塑胶毡上当雪橇，玩得不亦乐乎。

松山也忙着铲出一条通道，好让车子驶过，忙得浑身大汗，这汗一下子结冰，凝结在头发上。

三点多太阳就下山了。

"那两个孩子不知怎样。"

他们仿佛有种特别气质，叫人牵挂。

那种感觉，叫可怜。

"医生说只是感染风寒。"

"他们竟然在烂车厢里住了好几个月。"

"为什么没有跟着工人大队往南走，那里有工作，农场果田都需要人。"

"那男孩已经生病。"

"他们比我们那两个小一点。"

"小多了，我们大儿已经三十二岁。"

"父母若知道他们如此吃苦，必然不安。"

"老伴，不如早点休息，明日还要回店打扫。"

家家户户一早熄灯。

第二天一早贞嫂先出发，回到店门，意外到极点。

只见店门外的积雪被扫得干干净净，那女孩戴着破帽正在抹玻璃窗。

贞嫂不由得松口气，从前这些粗重工作都由他们夫妇做，渐渐力不从心。

今日不用吩咐，女孩已乖巧做妥。她人虽瘦小，但是力气不弱，贞嫂不禁对她另眼相看。

她远远看到贞嫂便站住。

贞嫂开了店门。"你兄弟好吗？"

"热度退了许多，已经不觉头晕。"

贞嫂问："会做早点吗？准备四客，一人一份。"

"是，马上来。"

她手脚利落快捷，明显是名熟手，贞嫂无意中得到个好帮手。

"吃过早餐到店来帮忙。"

她应着出去。

不消片刻回来，第一件事便是着手清理油槽。

这是一项最腌臜讨厌的工作，临时伙计根本不愿做，但是女孩却勇敢承担，贞嫂暗暗叫好。

稍后客人纷纷上门，长途货车司机顺道买咖啡午餐三明治在路上充饥。

松山与贞嫂忙得不可开交，若无女孩帮忙，客人便需轮候。

他们三人如有默契，把流水作业做得顺畅无比。

贞嫂打发女孩去吃午餐："想吃什么做什么。"

半晌，发觉她坐在后门吃大碗面条及一杯冰激凌苏打。

一见贞嫂她有点不好意思。

贞嫂说："厨房有座位。"

女孩笑笑不语。

贞嫂发觉有人在帮着搬一袋袋冰冻薯条，正是那青年，她急说："不用你，你快回去养病。"

青年转过头来："我已经好了，我没事。"

他继续扛油罐进店。

真没想到好心有好报，得到两个得力助手。

店打烊了，兄妹静静退回谷仓休息。

松山说："需付他们最低工资。"

"扣不扣食宿？"

"略扣除两百吧。"

"他们又不会久留，不扣也罢。"

"两人都能吃，壮汉般胃口。"

"饿坏了，可怜。"

贞嫂并没有扣他们工资，两兄妹看到工作便做，不躲懒，不小息，也不多话，看到客人低下头，眼神不接触，绝不生事。

松山两夫妻从来没见过那样的好伙计，有点不相信他们的好运。

下午，客人少，贞嫂会回家打个中觉，一日返店，看到他们兄妹帮客人的货车洗风挡玻璃上的昆虫及泥浆。

司机很高兴，付他们小费，他们还谦让。

贞嫂心里的疑团像雪球，越滚越大，是松鼠咖啡感化了这一对流浪人？不可能。

他们前后判若两人，不过，既然人家愿意学好，那么，一定要给他们机会。

先前是饥饿，正是人的肚子饿起来，什么事做不出？

至于企图，贞嫂自己先笑起来，她与松山，根本没有价值，一间小屋，两辆旧车，他们也是伙计。

贞嫂努力摆脱疑团。

三个星期平安无事地过去。

两个年轻人身形渐渐精壮，贞嫂少做粗重功夫，也长胖了。

隆冬，将要过节，店里烤了火鸡，招呼长途车司机，安慰大节里也得苦干的劳动阶级。

恕之捧着洗净的杯子出来，她卷起袖子，贞嫂看到一双雪白手臂。

这是恕之？贞嫂一怔，明明又黄又瘦皮包骨，怎么会有这样好看的手臂。

她用布巾束着头发，仍然编着辫子，但是头发已不像先前那样干枯，年轻真好，恢复得那么快。

贞嫂再仔细看她的脸，只见霉灰之气尽褪，眉清目秀，嘴唇也红润起来。她聚精会神地抹柜台，鼻尖有亮晶晶的汗珠，没想到她是一个漂亮少女。

贞嫂暗暗叹口气，环境造人，有安乐日子过，人才会像人。

这时松山进店来，重重扔下大衣。

贞嫂问："什么事？"

"你生得一对好子女。"

贞嫂不由得微笑："是，他们怎么了？"

"两人不约而同不来陪父母过节，一个往东南亚，另一个到南太平洋度假。"

贞嫂略觉遗憾，可是又替他们高兴："辛勤工作一年，是应该出去走走，回到冰天雪地的小镇来干什么。"

松山默默无言。

"去，去找一株不大不小的松树，带回店里装饰。"

松山又穿回大衣。

真没想到，他在气头上一去，险些回不来。

这一走便是一个多小时。

贞嫂看看时间："老山怎么还不回来，到什么地方去了？"

恕之放下杂物，抬起头。

贞嫂说："我沿路去看看。"

恕之过来说："我叫哥哥陪你。"

贞嫂忽然有了伴，得到依傍，她点点头。

片刻忍之便进来，他陪着贞嫂上车，驶出去与松山会合。

恕之一个人留在店里招呼客人，做得头头是道，一个中年汉不小心泼翻咖啡，她立即蹲下用抹布拭净，人家不好意思，一直道谢。

恕之眼睛看着门口。

忽然旧货车驶了回来，跟跄停住。

车门打开，贞嫂从驾驶位跳下来，接着，忍之也下车，他转过身，贞嫂把松山拉出，忍之背起他，走向店来，恕之立刻去拉开门。

客人纷纷惊疑："什么事？"

贞嫂脸色煞白："已经叫了救护车。"

"这镇上只得一辆白车与一辆救火红车。"

贞嫂说："白车此刻去接载待产的戴维太太，叫我们回店来等一等。"

大家围上去："发生什么事？"

忍之轻轻把松山放下，松山咬紧牙关忍痛。

前几个星期他才背过这个年轻人，没想到今日由他救自己。

贞嫂斟一杯白兰地给松山，他一口喝尽。

他告诉他们："我正在山坡边砍树，一辆车子横冲直撞朝我冲过来，我急忙闪避，滚下山坡，恐怕已跌断老骨头，动弹不得，若不是贞嫂带着小伙子来救，恐怕冻死。"

众人哗然："有无记下车牌？"

"霎时间哪里看得清楚。"

众人搓手。"治安越来越差。"

这时救护车也赶到。

贞嫂吩咐："你们兄妹看着店，我陪老山进医院。"

救护人员抬着松山出去，松山痛苦地喃喃骂人。

白车驶走，小小咖啡店恢复平静，客人渐渐散去。

忍之与恕之一直没有交谈，各管各忙，店打烊了，两人才交换一个眼色。

锁上店门，两人默默走到路口。

幽暗光线下，有一个灰衣人在等他们，他戴鸭舌帽子，看不清容颜。

只见忍之付他钞票。

戴帽人低声说："你们躲在这冰天雪地的小镇干什么？一起到南部去做买卖。"

两兄妹没回答。

戴帽人耸耸肩："人各有志，后会有期。"

忍之忽然问："那辆车丢在什么地方？"

"十千米以外的弃车场。"

忍之点点头，与戴帽人分道扬镳。

两兄妹一先一后走回谷仓，两人维持一段距离，在雪地上留下的足迹似不相干的路人。

他们一直没有交谈。

他们像两个黑影闪进谷仓，关上门，再也没有亮灯。

第二天一早，熟客看见店门开着，便进去吃早餐。

只看见两个年轻伙计，便问起松山情况。

两个年轻人招呼周到，却一字不提松山，只是微笑。

熟客低声说："这也好，不讲是非。"

"唉，叫人心急。"

这时贞嫂一脸倦容推开店门，看到一切井井有条，倒也宽慰。

她扬扬手："多谢各位关心，老山经诊治后不日可望痊愈，警方已落口供。"

恕之连忙斟上咖啡。

贞嫂叹口气："这小店这几天可得交给你们两人了，我已向东主交代过。"

恕之连忙点头。

有熟客笑："这两兄妹像哑巴，光做事，不说话。"

贞嫂握住恕之的手："这才叫人喜欢。"

只见恕之手指甲已变回粉红色，指节上的疤痕也渐渐褪去。

"我得来回到医院探望松山，此刻得回家煮粥，各位，多谢关心。"

恕之忽然低声说："我会煮粥，由我来做，贞嫂你回家休息，稍后再取食物给松叔。"

贞嫂感动："好，好。"她已精疲力竭。

挥一挥手，她倦极离去。

两兄妹一人站在店里一角。轻轻地交换一个眼色，又继续工作。

傍晚，贞嫂休息过后，精神略好，又回店来。

恕之提出一壶白粥及若干佐菜，都盛在篮子里。

忍之交代过账目及单据，一点不差。

贞嫂又见咖啡店里家具地板铮亮，连灯罩都拆出洗过，焕然一新，年轻人工作果然不一样，她轻轻说："店里这几天交给你们了。"

他们点点头。

贞嫂再开门出去，电话响起，恕之去听。

对方说："我找贞嫂。"

"她刚出门，可要叫她？"

那人说："我是王子觉，请贞嫂回转。"

恕之立刻放下电话追出去，贞嫂已经上了车，听到"王子觉"三字即时回店里听电话。

说了几句，心仿佛宽些。

挂上电话，她说："恕之，那王子觉正是东主。"

恕之不出声，只是微笑。

贞嫂伸手去摸她头发："每个女孩都叽叽喳喳，只除了你，我给你带了几条裙子，你若喜欢，拿来替换。"

她终于回到医院去探望丈夫。

松山摔断大腿骨，接驳后打了石膏，过两日便出院。可是中年人痊愈比较缓慢，他忽然受到挫折，有点气馁，开始发牢骚。

松山断断续续，诉说他的故事。

他自备啤酒，带到店里喝，坐近窗口，看下雪，行动不便，有点心酸。

"我一向力气足，能吃苦，四十岁还能打老虎。"

不知怎的，他的一子一女一直没有来探望。

"我只得初中程度，可是子女却读得专业资格，他们幼时，我一人做三份工作供养家庭，唉，也是应该的事……"

贞嫂悄悄对恕之说："我担心那啤酒，每天三罐，只怕数量增加。"

恕之大胆自作主张，把啤酒倒空，换上菊花茶。

松山发觉，既好气又好笑，终于明白家人苦心。

"好，好。"他说，"不喝，也不再发牢骚。"

他只是偶尔出来走走。大小事宜，都交给贞嫂及两兄妹。

一日下午，恕之与忍之走到停车场的长凳坐下。他俩背靠背，可以看清四周围环境，仿佛已经习惯两人对抗全世界。

恕之轻轻说："到松鼠镇已经两个多月。"

"进展不错。"

"我累了，我想退出。"

忍之一听浓眉束到一起，眼睛露出煞气，他随即松弛，轻轻说："这件事成功后，我们到南部享福。"

恕之抱住膝头，头埋在怀里。

"你想一辈子逃跑，抑或到派出所自首，还是终身在咖啡店洗油槽？"

"一定有更好的办法。"

"是什么？请告诉我。"

"还要多久？"

"那就看你的手段了。"

"忍之，我以为你爱我。"

忍之刚想回答，看到贞嫂向他们走来，两人赶快站起来迎上去。

贞嫂笑："你俩怎么老爱坐外头，不怕冷吗？"

他俩肩膀上沾着雪花。

贞嫂说："松山今日回医院拆掉石膏，我一看，吓一跳，两条腿一粗一细，他走路一拐一拐，医生叫他定期回去做物理治疗，唉，这算是小劫。"

兄妹一左一右陪着贞嫂走回店里。

"过节发生这样的事，真不开心，我想请你们回家吃顿家常菜。"

恕之连忙道谢。

贞嫂又说："谷仓不好住，不如搬到我们家来。"

恕之回答："谷仓还算舒适，设备齐全，我们心满意足。"

贞嫂轻轻吁出一口气："你们都没有周末假期。"

"我们亦无处可去。"

"可怜的孩子们，真的一个亲人也没有？"

他俩低头无言。

贞嫂说："不怕，待挣扎出头时，大把人认你们做亲戚。"

恕之笑了，露出雪白牙齿。

她皮肤上的斑疤自动脱落，肤色转为红润晶莹，面庞异常标致，一双眼睛仍然闪闪生光，但这时贞嫂对恕之已全无戒心，只觉得这女孩拥有天使之目。

她也没有留意到忍之不再缩着肩，他已伸直背脊，足足比贞嫂高大半个头，肩膀宽厚，孔武有力。

先入为主，她仍把他俩当一对可怜的流浪儿。

"今晚早点打烊。"

"下午有初中生庆祝生日，在这里聚会。"

"冰激凌够用吗？"

"足够，请放心。"

那天晚上，恕之与忍之第一次到松宅。

小屋子很平凡普通，住了二十多年，许多地方都旧了，四处都是杂物，家具款式过时，但不知怎的，越是随和，越显得是个家，十分温馨。

恕之坐在老沙发里，不禁轻轻说："我一直希望有一个这样的家。"

忍之立刻看她一眼。

贞嫂笑："那么，把这里当自己家好了。"

松山抱怨："啤酒都给扔到大海里了。"

恕之不再说话。

多少个晚上，她做好梦，都看见自己有这么一个平凡稳定的家：永久地址，母亲在厨房做晚饭，父亲就快下班回来……

开头也哭过，想得久了，渐渐麻木，告诉自己，即使没有，也得活着。

没想到今日一推开松宅的门，就看到梦中之家。

那顿饭恕之吃得很饱。

饭后收拾完毕，贞嫂做了咖啡。

兄妹正想告辞，忽然有人敲门。

贞嫂走近窗户一看："咦，王先生来了。"

她擦擦手去开门，王子觉就站在门口。

恕之看到他，忽然想起，她见过这个人。

那瘦白面孔，瘦削身段，都叫恕之印象深刻。

他一进门，脱下帽子，恕之吃了一惊。

只见王子觉头上只余几缕头发，眉毛落得精光，双目深陷，分明是个正在接受化疗的病人，头若骷髅，有点可怕。

她怔怔地朝他看去。

正好王子觉也向她的方向看过来。

他见到一个穿白衬衫花裙的少女，双眼像宝石，一脸寂寥，嘴角微微下垂，那些微的愁苦叫他震撼。

这是谁？

他轻轻对贞嫂说："你有客人，我改天再来。"

贞嫂说："恕之是店里新帮手，我同你说过。"

"啊，是。"他想起来，当时并不在意，原来新伙计是少女。

松山迎出："老板来了，请到书房。"

贞嫂说："恕之过来见王先生。"

她招手叫恕之。

恕之走近，但不是很近，刚巧站在灯下。

那盏小小灯泡照在她头顶，在头发上反光，像天使光环。

王子觉说声好，随即低头，由松山陪着进书房。

忍之一直坐在角落，一双眼睛像猎隼似的盯着众人，这时他站起："我们告辞了。"

贞嫂驾车送他们回家。

她问："你俩学过车吗？"

恕之说："忍之做过货车司机。"

贞嫂说："以后有需要你用这辆旧货车好了，取货送货交给你办。"

忍之回答："明白。"

贞嫂笑："王先生不大管事，今日来是为着学校筹款，小镇两所学校设备陈旧，他想捐赠仪器设备。"

他们下车，看着贞嫂把车子驶走。

恕之低头说："他像具骷髅。"

忍之说："医生说他也许可以活过春季，也许不。"

"你怎么知道？"

"我长着耳朵，又四处打听。"

"他看上去很可怕，身上有股消毒药水味。"

忍之嗤笑："你以为他病入膏肓？又不是，他看你的目光好似小孩看见三色冰激凌。"

"他好似不是那样的人。"

"他目不转睛。"

雪花一直飘下，谷仓门外只有一盏小小灯光照明。

忍之打开门："很快可以离开这个鬼地方。"

恕之不出声，把草团当沙发坐，抱着膝头。

忍之轻轻说："你知道该怎么做。"

恕之抬起头，凝视忍之，她清晰的双眼像是洞悉一切，却又无奈悲哀，这种复杂神情，并不像一个十多岁的少女。

那一边在松宅，小学及中学校长也到了，提交他们的义件。

王子觉只略看一下，便签下名字，取出一张支票递上。

松山笑："应该请区报记者来拍张照。"

王子觉摇摇手。

两位校长道谢告辞。

贞嫂觉得奇怪，司机在外边等，王子觉却没有回去的意思。

贞嫂替他换一杯热茶。

王子觉伸出爪子似手指，握住热茶杯，他说："本来买下松鼠餐车是因为喜欢吃汉堡，现在医生千叮万嘱不宜吃油腻。"

贞嫂看着他，他似有话要说。

终于，王子觉轻轻问："他们是兄妹？"

"啊，是。"贞嫂回答，"一样的大眼睛。"

"松山说他们是流动工人。"

贞嫂点头："那年轻人患病，因此落单，他妹妹得留下照顾他，天寒，雪上加霜，差点做流浪人。"

王子觉点点头，他缓缓站起来。

松山说："我去叫司机。"

司机打着伞接他上车。

贞嫂看着车子驶离，轻轻说："好人应有好报。"

第二天一早，地上有薄冰，恕之步履艰难，咔嚓咔嚓走向餐车，取出锁匙打开大门。

刚走进餐厅不久，有人推门进来。

一看，是王子觉，恕之怔住，她想过去扶他，可是猛然想起，很少有病人愿意人家把他当作病人。

她轻轻说："请坐，请问喝什么？"

他笑笑："早，我要一杯免咖啡因黑咖啡。"

"马上来。"

恕之洗干净双手，束上围裙，立刻做蒸馏咖啡。

王子觉轻轻问："哥哥呢？"

"在后门整理垃圾箱。"

"听说今年特多黑熊下山偷垃圾吃。"

"动物都不打算冬眠，整年出没寻找食物。"

"也难怪，本来是它们的土地，我们是后来者。"

恕之觉得这说法新鲜，她笑起来。

咖啡香气传出，她斟出一杯给他。

恕之怕他嫌静，扭开收音机。

天气报告员懊恼地说："雪……那白色东西可怕极了，今日又预测有十二厘米雪量，冬天真不可爱。"

恕之开着炉头，把冰冻食物取出。

一个货车司机推门进来，嚷："天佑松鼠餐厅，给我来双份烟肉蛋加克戟，还有滚烫咖啡，快，快。"

恕之连忙倒咖啡煎烟肉，手脚利落。

忍之在门外清理积雪。

再抬头，王子觉已经走了。

像一个影子，来无声，去无踪。

货车司机把食物往嘴里塞。"替我做个三层汉堡，放在保暖盒里带走。"他嘿嘿笑，"我有无听过胆固醇？我不怕，吃饱再算。"

有人送杂货来："姑娘，点收。"

贞嫂刚刚到："这边点收。"

恕之向她报告："王先生来过。"

贞嫂讶异："他有什么事，他找谁？"

"他没说，喝了一杯黑咖啡就走了。"

"以往他半年也不来一次，又冷又下雪，天尚未亮透，他出来有什么事？"

恕之忙着为客人添咖啡。

贞嫂忽然想到什么，她看着恕之背影，轻轻摇头，不会吧？

年轻的货车司机吃饱了，看着恕之，忽然问："你可想到镇上跳舞？"

恕之假装听不见。

"啊。"货车司机耸耸肩，"不感兴趣，在等谁呢？达官贵人？"

贞嫂提高声音："史蔑夫，还不开车出发？"

他悻悻付账，还是给了五块钱小费，拉开门离去。

贞嫂轻轻说："史蔑夫不是坏人，我们看着他长大，你要是想散心，同他看场电影也不错。"

恕之不说好，也不说不好。

贞嫂倒是欣赏这一点，她少年时也如此含蓄，食物不好吃只说不饿，男同学不合意只推要温习功课，不会叫人难堪，现在都没有这种温柔了。

夏季，只穿小背心的少女几乎要贴住男朋友才站得稳，在咖啡店坐到深夜也不回家做功课。

贞嫂不以为然。

她闲闲问："王先生精神还好吗？"

恕之一怔，歉意说："我没留意。"

贞嫂点点头，是该不留神。

这时，午餐客纷纷上门来，呼着白气，脱下厚衣帽子，高声点菜，恕之与忍之忙个不已。

傍晚，发了薪水，他们回到谷仓，忍之顺手把钞票丢进铁罐。

他说："今晨，他来看你。"

恕之不出声，她搓揉着酸软的肩膀。

忍之用手托起她的脸："是这双眼睛吗？他们见过一次就不能忘怀。"

恕之甩开他的手。

"他再来，你也不要说话，假装看不见他。"

恕之冷冷地说："我懂得怎样做。"

忍之讥讽她："我忘记你是专家。"

恕之转过头去，疲倦地说："你不再爱我。"

忍之这样回答："我们就快可以远走高飞。"

恕之蜷缩在一角，她倦极入睡。

第二天早上，她险些起不来。

她知道已经到了关键时刻，她必须争取松氏夫妻至高信任，才能借他们的力踏进王家。

她一定要每天早上比贞嫂更早到达松鼠餐厅。

她掬起冷水泼向面孔，冰冷的水刺痛她的脸，她迅速清醒，套上大衣靴子出门。

贞嫂六点半进店门，恕之已在招呼客人。

一个中年建筑工人说："贞嫂，这勤奋的女孩是一件宝贝。"

天还没有亮，漆黑一片，恕之一声不响地帮客人添满咖啡杯子。

贞嫂向恕之说："我有话同你讲。"

恕之说："马上来。"

她兄弟在煎蛋、炸薯条，香味四溢。

恕之替贞嫂斟咖啡。

贞嫂凝视她，缓缓说："我从未见过像你这样精乖伶俐的女孩，又这样勤奋耐苦，照说，无论如何不只是流动工人。"

恕之表面一声不响，心怦怦跳。

这贞嫂精明能干，她莫非看到什么蛛丝马迹。

贞嫂说下去："是看着你兄弟吧，你拉扯着他，所以不能到城里找工作。"

恕之不出声。

"我们不知你底细，也没有看过你们任何身份证明文件，但相信你所说每一句话。"

恕之静静聆听。

这时，有人嚷："姑娘，添几块烘面包。"

那边忍之连忙应："知道了。"

贞嫂接着说："王先生对我说，他想你到他家去做管家。"

恕之心剧跳，可是脸上露出迟疑之色。

"老管家即将退休，他问我你能否胜任，我觉得你太嫩，可是他坚持你会学习。这是一个重要职位，王宅共五名员工，你要管束他们。"

恕之仍然不出声。

贞嫂忽然笑："我也知一间谷仓留不住你。"

恕之的心落实，没想到好消息来得这么快，她的思潮飞出去：王宅想必有热水供应，有浴缸可以浸浴，她会有正式的寝室。

"你不要令我失望，好好地干。"

恕之定定神低声说："我不去。"

贞嫂扬起一角眉毛。

"我要与我兄弟一起，在孤儿院已发誓永不分开。"

贞嫂意外："你们此刻已经成年，彼此可以联络。"

恕之微笑摇头："我们住谷仓就好，来春，要是贞嫂不再需要我俩，我们会继续上路。"

贞嫂没想到恕之会拒绝，倒是愕然。

这时恕之说："客人叫我，我去招呼他们。"

她去收钱找钱，这些日子来账目丝毫不差，诚实可靠。

贞嫂回家。

松山问："她怎么说？"

贞嫂一团疑问："她要与兄弟一起行动。"

"那也简单，一起去王宅好了，他们光是为游泳池也长期雇着一个工人。"

贞嫂说："我有点不安。"

松山说："放心，我们可以另外找帮手。"

"不，不是这个，你想，他们兄妹是何等亲厚。"

"自小在孤儿院长大，相依为命，异于常儿。"

"那样标致的少女，怎会在小镇冒现。"

松山答："太太，他们出现的时候，是一对乞丐。"

"好端端王子觉为何换管家？"

"他的主张他的事。"

"他只见过那女孩两次，就决定把她带回家，你说怪不怪？"

松山深深叹息："王子觉只剩几个月寿命，还依什么常规，任性不妨。"

贞嫂低声说："你讲得对。"

"只要他高兴，又不伤害到什么人，我们应当成全。"

贞嫂点点头。

这时电话来了，正是王子觉。

松山说了几句"是，是，明白"，挂上电话。

贞嫂看着丈夫。

松山说："王先生叫他们兄妹一起到王宅工作。"

贞嫂不出声。果然不出那女孩所料，她是谈判高手，以退为进。她是街童，自然有街头智慧。

她十分聪明，看准王子觉会答应她的条件，这么说，她的一切不经意，都是刻意经营。

贞嫂有点惭愧，是她太多心吗？像所有人一般，她对于别人的好运，不甚认同。

晚上，她睡不着，对松山说："王子觉看中了那女孩。"

松山以一连串响亮鼻鼾回复她。

在谷仓，那两兄妹也没睡好。

忍之问："那王子觉会答允吗？"

恕之忽然笑了，眯着的双眼罕见地露出媚态。"没问题。"她回答。

忍之凝视她："有时，连我都有点怕你。"

恕之握住他的手。"你若不再爱我，才会怕我。"

忍之苦笑："有什么是我不为你做的，你说。"

"我明白。"

"可是你心中仍然存疑，这是狐狸的天性。"

恕之躺卧在他胸膛上，紧紧搂抱他，落下泪来。

他们可以离开这间谷仓了。谷仓里有一股动物气息，以前，这里可能养过牛羊，不过他们也是动物，可能只有更原始更野蛮。

他俩紧紧拥抱，不再说话。

天渐渐亮了。

贞嫂在松鼠餐厅等他们兄妹，她比往日更留心观察二人，只见他俩照常操作，如有默契，不用开口也知道对方心意。

无论怎样看，都不像坏人，那样年轻，长得端正，身世又如此可怜。

他们低着头，眼神并不接触，是，一双眼睛最易出卖心事。

贞嫂说："王先生答允你们兄妹一起到王宅工作。"

这时，恕之忽然握住她兄弟的手。

贞嫂看到忍之轻轻挣脱妹妹的手。

"你们要争气，好好学习。"

恕之连忙点头，脸上并无太大喜悦，当然也没有不高兴，精致五官与大眼，这时更像那种古董瓷面娃娃。

"今日傍晚，你们就可以搬过去，要记得身份，我与松山是你们的什么，不要叫我们失望。"

恕之答："明白。"

贞嫂看着那年轻人："你呢，忍之？"

忍之连忙说："我会努力工作。"

贞嫂叹口气，一切由她收留这一对年轻人而起，她要负责任。

一整天兄妹不停工作，知道要走了，再从头到尾把小小餐车清洁一遍，把桌底年轻客人顺手粘在那里的口香糖一一用小刀子撬起。

都要走了还这样小心留神，分明是负责任的好青年。

但，他们到底是谁呀，他们又从什么地方来？

两人把谷仓阁楼也打扫干净，穿过的衣裳，还给贞嫂及松山。

他俩等王宅的司机来接。

兄妹背对背坐在门口，雪片如鹅毛般落下，恕之伸出舌尖，把雪片舔进嘴里。

贞嫂站在店门送他们，只见他们头上肩上渐渐积雪。黑色簇新大吉普车终于来了，年轻人让妹妹先上车，把一只包裹丢上后座，他也上车，重重关上车门。

两人都没有回头看。

真的，贞嫂想，有什么值得回头的呢，一辆餐车，最低工资，工作油腻忙碌辛苦，手背上时时烫起水疱，只有松氏两夫妻才会在这种地方挨到老做到老。

一般是做工人，王宅应该舒适得多，固定工作时间，支月薪，宿舍肯定有窗。

在车上，恕之握紧兄弟的手，忍之又轻轻挣脱。

车子驶近王宅，那是一个牧场式庄园，建筑物扎实美观，男仆打开门迎出来。

他把他们接到池塘边一间小小的独立客舍。"王先生请你俩暂时住在这里。"

推门进去，两房一厅，木地板皮沙发，暖气十足，什么设施都有，厨房里满满放着食物。

三个月内，从山坡边烂车住到谷仓，又自谷仓搬进王宅，际遇像做梦一般。

忍之一言不发，脱下外套，抖掉雪花，切开一桌子水果，狼吞虎咽，全部吃光。

他注满整个浴缸热水浸浴，满意地呀一声，待他起来时，浴缸边有一圈黑色污垢，难怪，在谷仓老是冲不干净。

忍之查看两间寝室，把稍微宽大那间让给妹妹，他自己钻进被窝，再呼出一口气，蒙头大睡。

明日的事，明日再算。

曾经死里逃生的人都明白，人力有限，豁达有益。

恕之把头发仔仔细细洗了一遍，揉干，累得说不出话，伏在床上。松氏夫妇是好人吗？兄妹自早上六点做到晚上九点。中午只得三十分钟吃饭，无假期保险医疗，但最低工资只算八小时一天。

无须坏人也懂得计算刻薄伙计。

年轻人不觉得他欠松鼠餐车任何人情，他睡得很熟。

恕之没那么幸运，她老是像听见有人敲门，梦中下床去打开门看，却是一具活骷髅，它伸出手来，一节节骨骼清晰可见，它的指节碰到恕之的脸颊，它开口说话："你怕吗？"恕之轻轻拨开它的手指，她答："他朝吾体也相同。"

她醒转，天还没有亮，床头钟指在五点半，正是她过去两个月起床的时间。

恕之打开衣柜，看到挂着许多米白色衣物，裙裤毛衣大衣外套全有，但色系相同，想来，王子觉一定喜欢这个颜色。

她选一件短袖毛衣及运动裤穿上，为忍之清理厨房及浴室。

这时，有人按铃，恕之一怔，可是那副骷髅骨头来找她？

开了门，却是一个女仆，她说："深小姐，我来打扫。"

原来王宅还吩咐人来服侍他们。

恕之点点头，曾经一度，她与忍之也过着这样舒适的日子，好吃好住，有仆人伺候。

此刻忍之仍然呼呼大睡。

女仆做好早餐，轻轻说："王先生请你十点整过去一下。"

恕之点点头。

女仆插好花放下报纸走了。

多久没看报纸，恕之摊开新闻版细细读头条，然后默默翻过，去看广告。

背后传来忍之的声音："有什么新闻？"他起来了。

他穿着白色浴衣，露出深棕色皮肤及硕健的 V 字上身，看真切了，同恕之不一样，他并不是全亚裔。

恕之回答："没有新闻。"

"那就是好新闻。"

"事情仿佛冷了下来。"

"别小觑他们，那是他们每周四十小时的工作。"

"我已厌倦逃亡。"

忍之走过去。"嘘，嘘，别声张。"他紧紧搂住她。

"让我们找个地方躲起来。"

忍之说："你疯了？身边只得两千元工资，走到什么地方去？这里是最佳藏匿地点。"

恕之掩着面孔。

"听着，你到王宅来，目的不是做管家。"

恕之不出声。

"我也不是来做花匠，或是车夫。"

恕之放下双手。

"你要尽快叫王子觉与你正式结婚，稍后，你可承继他所有财产。"

恕之忽然笑了："你讲得太容易。"

"来，深小姐，吃早餐。"

恕之抱着双臂。"你胃口奇佳。"

他也笑："饱着肚子总比饿着肚子好。"

他俩的话多起来。

那边，在松鼠餐车，松山与贞嫂正在见新伙计。

有着油腻染金发的少女带着隔夜面孔来见工，唇上还残留着深宵舞会的紫色口红，一直追问是否可以独占小费，她身上的手提电话响了又响。

贞嫂叫她走。

　　她气恼，再也找不到像恕之那样好的员工，她只得自己来。

　　这时，有两名穿深色西装的男子推门进来。

　　贞嫂斟上咖啡。"我们汉堡三明治做得极好。"

　　那两人问："你是店主？"

　　贞嫂觉得奇怪。"我是店长。"

　　其中一名取出一张照片。"你可见过这两个人路过？"

　　照片在一艘游艇上拍摄，一对时髦年轻情侣，欢笑满面，背对背坐在甲板上，一身阳光。

　　贞嫂看一眼，笑了："镇上没有这样似电影明星般的人。"

　　"请看仔细点，他俩或许打扮不同。"

　　"这对男女犯了什么事？"

　　"讹骗，伤人。"

　　"啊，谋财害命。"

　　黑衣男子点点头。"这位太太说得好。"

　　"松鼠镇风平浪静，没有这种坏人。"

　　他们只得叹口气："请来两客三明治。"

　　贞嫂忽然问："你们是什么人？"

　　其中一人出示特别罪案组警章。

　　"啊。"贞嫂点点头。

松山问："什么事？"

贞嫂提高声音："两位要汉堡三明治，苹果馅饼由店里请客。"

两个黑衣人匆匆吃完午餐，离开餐车，继续在路上问货车司机等人可有见过照片中那对男女。

众人均随意看一眼便摇头，事不关己，己不劳心。

三

几乎每个漂亮女子身边，
总有如此不成才的男人，
不是兄弟，就是爱人。

松山问："寻人？"

贞嫂看着窗外，半晌两个黑衣人登上一辆黑色房车驶走。

她回答丈夫："找一对二十多岁的犯诈骗兼伤人男女。"

松山耸然动容。"啊，千里追踪。"

"我现在想起来，照片中那对男女，有些熟悉。"

"可是见过他们？"

"不，不是脸容，而是……一时说不上来。"

"他们可是游客？"

贞嫂低头沉吟："一时想不起谁也这样背对背坐。"她喃喃自语。

这时有人推门进来："可是请侍应，时薪多少？"

餐车里闹哄哄，人气、油烟、声响，同王宅的静悄悄是个对比。

十点整，恕之悄悄走进书房，女仆说："王先生一会儿就来。"

她给恕之斟茶。

书房装修中性斯文，近窗口有一张小小的打扑克牌用的圆桌，恕之坐在那里等主人出现。

长窗外是一大片草地，有两只狗在追逐嬉戏，恕之认得是那两只赫斯基犬。

这种狗浑身白毛，同雪狼同种，被因纽特人驯服，用作拉雪橇，日行百里，力大无穷，到了月圆之夜，野性发作，它们仍会仰头嚎叫。

这时，犬只也发现了恕之，忽然停止玩耍，缓缓走近长窗，隔着玻璃，咧开嘴，露出尖锐兽齿，敌意地低声咆吼。

恕之牵牵嘴角，啊，她心想，你们也认得我。

这时，她身后有个声音："别去理它们。"

恕之转过身子，看到王子觉缓缓走近。

他在她不远处坐下。

犬只被男仆牵走，环境又静了下来。

恕之看着王子觉，他瘦得浑身露筋，青紫色静脉像网络似的隐现在皮肤之下，说不出地怪异。

恕之轻轻垂头，不忍逼视。

王子觉的声音却不难听，他说："欢迎到我家。"

恕之点点头。

"松山夫妇说你们兄妹是能干好帮手。"

恕之笑一笑。

"老管家退休，这个家交给你，她走之前，会把工作程序交代清楚。"

恕之这时轻轻回答："明白。"

书房里静了一会儿，王子觉忽然说："读高中的时候，有一个男同学，他相貌与功课都很平凡，大家都不大注意他。他有一个要好女友，两人就是小世界，稍后，她却与他分手。"

恕之抬起头来，为什么讲这个故事给她听？

王子觉轻轻说下去："一日放学，他走进实验室，扭开所有本森喉 [1]，煤气咝咝冒出，他伏在冰冷桌子上，等候死亡来临。"

---

[1] 本森喉，即本生灯。德国化学家罗·威·本生发明的一种化学实验灯。用煤气作燃料产生高温，导以长管，外面套上一段短管，管旁有孔，转动短管就可以调节管口火焰的大小，适宜于一般化学实验室使用。

恕之动容。

"校工路过，闻到煤气味，把他救了下来。之后，大家对他有股特殊敬意，直至毕业，都对他很客气，毕竟不是每个人都可以那般浪漫。"

恕之暗暗吁出一口气，轻轻问："后来呢？"

"毕业后各散东西，今日他也许已经有妻有子。"

恕之点点头，可是当时，痛苦大得叫他无法处置。

"大家都认为这可怜的年轻人缺乏经验，又被冲动的激素操纵。"

恕之忽然笑起来，与他谈话很有趣。

王子觉轻轻说："别人有时间，我却没有，我不必瞒你，我生命所余无几。"

恕之不忍。

他看着她："你愿意做我的朋友吗？"

恕之点点头，他伸手过来，握住她的手。

王子觉的手像爪子一般瘦长。

第二天早上，恕之跟着管家学习，她们巡遍庄园每一层楼每一个房间，恕之恭恭敬敬，小心聆听。

管家带她参观花园，有小小一部分园子拨作种蔬菜香料，王宅全年有不同的新鲜蔬果享用。

管家说："春季这个园子极美。"

她忽然叹气，来春，园子主人可能已经不在。

"深小姐，你家乡在何处，家里还有些什么人，打算在王宅做多久？"

恕之不愿回答，只是微笑。

她主动邀王子觉散步。

他讶异："我行动不便。"从来无人叫他运动。

恕之伸出双手，她帮他穿上厚衣，围上领巾，戴好帽子，扶着他缓缓走出花园。她打着一把小小雨伞，替他挡雪。

恕之轻轻说："你还有什么故事？"

王子觉答："轮到你讲。"

恕之想一想："有一个女孩，自幼是弃婴……"

王子觉微笑："有无比较幸福的故事？"

"幸福的故事不精彩。"

王子觉又笑："是，请继续。"

"她在孤儿院长大，年年等善心人士领养，可是，不知为什么，没人挑选她。"

"为什么，她倔强，不可爱，长得丑？"

恕之轻轻说:"那个孤女,正是我本人。"

王子觉一怔,为之恻然:"后来呢?"

"后来成年,她离开孤儿院,出外独立生活。"

"还顺利吗?"

恕之摇摇头:"遇见许多可怕的坏人坏事。"

"可是,你终于来到我家,请让我保护你。"

恕之抬起头:"我们走远了,回去吧。"

这时,管家气呼呼地带着人出来找,迎头遇见他们,才放下心。

她轻声斥责恕之:"你怎么让王先生站雪里?"

恕之不出声。

王子觉转过头来说:"这是我的意思。"

老管家只得噤声。

再过一天,恕之把王子觉的菜单也换过,让他吃些精瘦鱼肉,喝些红酒。

她衷心照顾他起居,不甚理会管家工作,仆人司机全松口气。

唯一不满的人是她兄弟。

他向她摊牌:"大半个月过去,王子觉不但没有奄奄一息，且渐渐长肉，这是怎么回事？"

恕之不出声。

"听说他吃得多睡得好，连医生都觉意外。昨天，我看见你陪他在暖水池游泳，这样下去，仿佛打算在王宅过一辈子。"

"你少安毋躁。"

"你二十四小时陪着他——"

恕之扬起一道眉毛，他噤声。

忍之喃喃说："一具僵尸。"

恕之绕着手，走到窗前，不知怎的，那对赫斯基犬吠着找了过来，对着他们咆吼不已，像是认定他俩是敌人。

恕之轻轻说："狗比人聪明。"

仆人匆匆带走犬只。

忍之冷笑："你不动手，我来。"

那天傍晚，园丁发觉两条狼犬失踪，一路找出庄园。

那时，恕之正陪王子觉下棋，她听到消息并没有抬头，王子觉只嗯了一声。

再过两天，在溪涧发现犬只尸体，仆人大惊，知会主人。

晚上，恕之低声问兄弟："是你沉不住气吧？"

他回答："最恨狗腿子张牙舞爪。"

"它们从小在庄园长大。"

"狗眼看人低是死罪。"

恕之站到窗前不出声，忍之在她身后，抚摸她的头发，她动也不动。

半晌她说："趁来得及，我们走吧，我知道王子觉的现款放在书房一格抽屉里，那把锁不难打开。"

可是，她的兄弟这样回答："你要叫他与你结婚。"

恕之叹气。

"说，说你要离开他，以退为进。"

恕之轻轻说："一次又一次，我帮着弄钱，从来没有抱怨，像上一次，人家不甘损失，报警追捕，我俩逃足半年。"

"嘘，嘘，那是昨日的事。"

"我看得出，王子觉已经油尽灯枯。"

"他更加需要有人对他好。"

"王子觉是一个十分聪敏的人。"

"你更加伶俐，去，照计划行事，这是最后一次，承继他的产业后，我俩不再是鼠摸狗偷。"

这时，恕之丢开他的手，走到房间另一角。

"我带你到南方去，我们躲进都会里，天天喝香槟跳舞，与世无争，尽忘孤儿院岁月。"

恕之哧一声："给我做到王妃，也忘不了那段凄凉岁月。"

过两日，医生踏雪来访，看到王子觉在吃奶油蛋糕，不禁变色。

恕之在他耳边轻轻说："还有什么关系呢，你说是不是，安医生。"

医生也是个聪明人，听到这话，只有叹息。

王子觉心情却开朗。"安医生，恕之教我跳舞呢。"

医生笑笑："深小姐好兴致。"

医生一直觉得有双眼睛在暗处盯着他，一转头，看到管家的兄弟静静蹲在楼梯角，留意他们的一动一静。这人有种动物般原始野性，安医生不喜欢他。

医生替病人检查。

王子觉轻轻问："有什么消息？"

"我们仍在努力。"

王子觉点点头："顺其自然吧。"

医生苦笑："你态度十分正确。"

"是恕之影响我，她陪我散步、游泳、跳舞，吩咐厨子做精致食物……"

"她做得很好。"

医生想了想，不禁问："她兄弟是怎么样一个人？"

"啊，他们，一起在孤儿院长大，十分亲厚。"

"哪一家孤儿院？"

"东部天主教孤儿院。"

"本国约二十年前已废除孤儿院制度，改作寄养家庭。"

这时王子觉听到悠扬的圆舞曲，他穿好衣服，走进宴会厅。

男仆正请示管家："深小姐，可要知会派出所？"

恕之当着医生说："两只狗而已，不用劳驾任何人。"

仆人看向东家，王子觉说："深小姐说了算。"

仆人一声不响地退下去。

安医生暗暗吃惊，面子上不露出来，短短几个星期，这个年轻漂亮的陌生女子，像已经控制了王家。

他不动声色："我下星期再来。"

恕之送他到门口。

"咦。"她很高兴，"雪停了。"

她回到宴会厅，教王子觉跳舞：左手放她腰上，右手握着她手，一二三四，二二三四。

忍之仍然蹲在楼梯口，看到宴会厅里，双眼在暗地里闪闪生光。

下午，王子觉回寝室休息，恕之返到宿舍，脱掉鞋子，搓揉足趾。

忍之走近，把她的腿抬到他膝上，替她按摩足踝。

就在这个时候，他们听到门被轻轻推开，恕之连忙放下双腿，转过身去，看到慌张的清洁女工转身离去。

忍之问："她看到多少?"

恕之笑笑："别去理她。"

"你是管家，把他们都请走吧。"

"王宅需要人用。"

"那还不容易，叫荐人馆派人来。"

恕之点点头。

那天晚上，她把仆人聚集在厨房，每人按年资补发超额薪水，请他们走路。

她要求荐人馆替她找亚裔工人。

隔一个星期，安医生来访，看到的全是陌生面孔，更觉突兀。

他问王子觉："平律师多久没来？"

"替我做好遗嘱后她回乡探亲。"

"你最近可有改动文件？"

王子觉摇头："你知我脾气。"

"现在，你身边全是陌生人。"

王子觉看着安医生："你有忠告？"

"你要小心。"

"安医生，在秋季，你告诉我，我只余三个月生命，如今冬季将尽，我仍然活着，已经十分满足。"

医生只得轻拍他的肩膀。

这时，恕之在书房门口出现，她穿着外出服，套装下美好身段毕露，安医生觉得每一次见这女子，她都比上一次漂亮。

这样美丽的少女愿意在小镇上陪伴病人，一定有她的企图，她目的会是什么？

只听得她对王子觉说："我要出去一趟。"

王子觉即时问："去哪里？"

"我兄弟约了东部朋友谈生意。"

安医生发觉王子觉略为不安。

他们两兄妹双双出门。

安医生说："子觉，你过分倚赖她。"

王子觉微笑："是吗，医生，你觉得我不对？对我来说，还有什么错与对？"

"子觉，希望在人间。"

"我们过去两年遍世界寻找配对骨髓，终告失败。"

"不，每一天都有新的希望。"

王子觉垂头。"恕之与我很投契，她慰我寂寥。"

"有无想过，对方也许是故意讨好。"

王子觉思维清晰："我想，最多她不过想得到一笔偿金，这，我还负担得起。"

"你明白就好。"

"她的容颜，她的笑声，都给我极大欢愉，与她在一起，我暂忘死亡阴影，我生活渐有新意。因她的缘故，我早上不介意起来按时服药，我有勇气压抑肉体痛苦，安医生，你说，我应留住她吗？"

安医生把手放在他肩膀上："只要你开心。"

"我很高兴。"

医生告辞。

那日，等到天黑，恕之才回来。

王子觉已经等得心急，好几次他打车内电话，司机回答："王先生，他们还在酒店内与友人谈话。"

终于返回，王子觉在书房等。

恕之一边脱下半跟鞋，一边走进去见王子觉。

王子觉微笑看着她。"谈了整天，可有好消息？"

恕之答："子觉，我们兄妹决定离开松鼠镇。"

王子觉一听这话，只觉遍体生寒，这时刚好有一扇窗户被风吹开，冷锋似刀削般钻进书房。

恕之连忙去关好窗。

王子觉定一定神，他伸手护胸，觉得身体里好像有什么被掏空一般，气虚，头晕。

半晌，他才轻轻问："这是怎么一回事？"

恕之喜滋滋地说："我们将自立门户，那朋友出资本，我俩出力，到北部打理一家酒吧。北部发现了钻矿，欧美买家云集，消费发展得像曼哈顿一般，是好商机好气候。"

王子觉看着她，缓缓坐下。

"子觉，你应替我俩高兴，朋友与我们说起北部种种，引人入胜。"

王子觉这时握住恕之的手："不要去。"

恕之一怔："什么？"

"让你兄弟一个人去觅前程好了。"

"那么，谁照顾恕之？"

王子觉问："谁照顾我？"

恕之笑了："你有那么多仆人佣工，你不怕。"

"恕之，留下陪我。"

恕之吁出一口气，今晚她像是特别兴奋，双眼亮晶晶，脸颊红粉绯绯。

她这样说："子觉，我们会回来看你。"

"恕之，要怎样你才愿意留下？"

恕之讶异："子觉，我不明白。"

"你提出条件来，我想我做得到。"

他拉住她的手，她蹲下来，抬起头，看到他眼睛里去，没说一句话。

到头来，一切是王子觉自愿，她深恕之可没说什么，也不曾有任何建议。

"我也可以替你们开设酒吧，镇长会发执照给我，恕之，留下来，做王宅的女主人。"

恕之重重吸进一口气，像是十分讶异。她呆呆地站住，似不置信王子觉会突然求婚。

每一次，她都可以得偿所愿，他们会不惜一切留住她，连她自己也不明白，他们为什么会那样牺牲，说到底，她只不过陪他们聊天跳舞散步而已。

"恕之，你可愿意？"

恕之用手掩着胸。"太意外了。"

"答应我。"

恕之过去拥抱他。"子觉，我太高兴了，可是，凡事要与忍之商量。"

"我们明日即请牧师来主持婚礼。"

"可是——"

"请客筵席以后再办，请勿离开我。"

王子觉把她的手放到腮边，他落下泪来。

恕之轻轻说："是，是。"

那晚，王子觉服药后沉沉睡去。

恕之却不见她兄弟回来，她在房内来回踱步，直至天亮。

恕之手中握着一瓶梅洛红酒，边饮边等，酒瓶空了，天边露出曙光，忍之仍然未归。

她出门去找他，她要把好消息告诉他。

他会在什么地方？一定仍然在酒店房间里，觉得闷，喝多了，倒头大睡。

恕之开动车子，往镇上出发。

她要向他高呼：成功了，计划整整一季，赢得松氏夫妇信任，继而进入王家，成功了。

她把车子停在酒店停车场，走上二楼，用锁匙开门。

房间里有人醒觉跳起来。

恕之疑心，走到窗前唰一声扯开窗帘，看到床上躺着两个人，一个是忍之，另一个是陌生妖冶红发女子。

那女子并不害怕，耸耸肩起床穿衣，嘴里还问："是你爱人？"

忍之笑嘻嘻："是我妹妹。"

红发女大笑："多么特殊的妹妹。"

忍之看着恕之。"你到这里来干什么？你应该好好侍候那具骷髅。"

恕之颤声说："你永远不改。"

红发女取过手袋外衣一溜烟似的开门离去。

忍之霍地站起来，斥责说："你一早大呼小叫扰人清梦，我受够你这种脾气。"

恕之扑过去。

他力气大，一手甩开她，恕之跌到墙角。

他过去："别发疯，快回到王宅，继续做戏。"

恕之像是变了一个人，酒精在她体内作祟，她再度扑向忍之，张嘴咬他颈项，一嘴是血。

忍之痛极，把她一直自窗户方向推去，嘭的一声，窗格撞开，恕之身躯直摔出二楼，砰一下落到地上，她痛苦地扭动身躯。

忍之大惊，连忙跑下楼抢救。

这时，已经有人听到声响，高声问："什么事？什么事？"

他急急把恕之抱起，奔到停车场，找到车子，把恕之塞进车厢，高速驶返王家。

他听到恕之在车后呻吟。

"你记住，无论如何不可叫救护车！"

他把车停在门口，大声呼喊："救人，救人。"

仆人们纷纷起来，连王子觉也惊醒，一见恕之满脸鲜血，他知道形势危急。

他仍可维持镇定。"快请安医生。"

他蹲到恕之面前，恕之睁开双眼，忽然流泪，她伸出手去抱住王子觉。

王子觉安慰她："不怕，医生就来。"

安医生十万火急赶到，检查过恕之，松口气，替她注射。"没有生命危险，但必须入院检查。"

王子觉忽然说："切勿通知派出所，只说她不小心摔倒。"

安医生缄默。

恕之轻轻说："是我自己造成的意外。"

医生回答："你一条手臂需要接驳，到了医院才知道肋骨是否折断。"

由司机开车送她到医院。

一路上王子觉陪着恕之。

恕之忽然笑起来，她嘴角带血，面孔青肿，十分诡异。"怎么反而叫你照顾我。"

王子觉紧紧握住她的手，从头到尾，他一句话也没有问。

恕之感动，谁爱她，谁不，已经很明白。

安医生稍后说话："深小姐，现在由专科医生替你诊治，不幸中大幸，你只需治疗手臂及肩膀。"

王子觉看着恕之进手术室。

安医生说："子觉，我有话同你讲，平律师随后到。"

王子觉摊摊手。

安医生问："这是怎么一回事？她分明自高处堕下。"

王子觉坦白说："我不知道。"

"你不问她？"

"以后，我不会让她离开我视线。"

这时他们背后有一个声音传来："即使该女子来历不明，形迹可疑？"

安医生说："平律师来了。"

平律师是一位中年女士，一脸精明能干。

王子觉说："平律师来得正好，我与恕之要结婚，请立即为我们筹备。"

平律师一怔，能言善辩的她一时像是不知说什么才好。

隔一会儿她说："大家坐下来，慢慢谈。"

王子觉摇摇手："我心意已决，你们不必劝阻。"

平律师尴尬，她解嘲："谁要劝你，安医生，你想劝子觉？"

安医生叹口气。

平律师说："子觉，本来以为小镇空气清新，风景怡人，对你健康会有帮助，现在看来，有利有弊。"

王子觉答："我精神好多了。"

"子觉，这名女子究竟是何人？"

"她已答应我求婚，恕之是我未婚妻。"

"子觉——"

"请两位担任我的证婚人。"

"立一张婚前合约吧，否则，三年之后，她可瓜分你一半产业。"

王子觉像是听到世上最滑稽的事一般，他哈哈笑几声，然后轻轻说："我并非富翁，况且，一个男子，总得照顾妻儿。"

安医生抬起头来，忽然想起："她那兄弟呢？"

不知什么时候，他已溜走。

平律师这样想：几乎每个漂亮女子身边，总有如此不成才的男人，不是兄弟，就是爱人。

手术顺利完成，恕之缓缓醒转，已是清晨。

病房里有人坐在她对面批阅文件，那是安医生。

医生抬起头。"醒了。"

恕之轻轻问："子觉呢？"

"他回家休息，一会儿再来，深小姐，到底发生什么事？"

"意外，一不小心，我自二楼窗户摔下。"

"幸亏不是头先着地。"

"我一向幸运。"

安医生看着她："深小姐，手术前，医生做过多项检查，你不止二十一岁了。"

恕之很镇定，她微笑："我从未说过我只得二十一岁。"

"抱歉，是我们误会，报告还提供了其他消息，你健康良好，无任何传染病。"

恕之看着医生。

"深小姐，我有话说。"

"请直言不妨，安医生，你是我所尊重的人。"

"在报告中，我们得到一个非常重要的讯息。"

恕之不禁狐疑："那是什么？"

"深小姐，想必你也知道，王子觉寻找配对骨髓做移植用已有两年。"

这时，恕之睁大双眼。

病房里鸦雀无声。

恕之扬起一道眉毛。

安医生走近她，有点激动："是，真没想到，他的救星就在身边，得来全不费功夫，深小姐，子觉可能有救。"

　　恕之毫不犹疑，她跳下床来："安先生，我愿意，告诉我何时可以签同意书，立刻做手术。"

　　安医生没想到恕之不问细节，不提条件，一口答允。他十分感动，首次对这名身份隐蔽的女子发生好感。

　　"子觉知道这好消息没有？"

　　安医生摇摇头："我还未告诉他，免得造成你与他的压力。"

　　恕之说："啊，医生你真是好人。"

　　在她生活经验里，每个人都只为本身利益打算，很少有安医生那般，事事为他人着想。

　　恕之想一想："那么，就别告诉他好了。"

　　安医生一怔："你的意思是隐名？"

　　"没有必要把捐赠者姓名知会他。"

　　安医生更加意外，原来王子觉一直没有看错人。

　　"在适当时候，才向他透露未迟。"

　　安医生点头："可以安排，我代病人及其家属，向你致无限敬意及谢意。"

　　恕之吁出一口气。

　　"深小姐，手术会引起若干痛楚。"

　　"趁我在医院里，请即时安排收集骨髓。"

"我即时叫人准备文件。"

他匆匆走出病房。

恕之感觉良好，这是她第一次自主，且肯定是件好事。

她闭上双眼。

中午，文件已经准备妥当，她签下同意书。

安医生告诉她，手术并不复杂，危险性也很低。

他只知会王子觉，捐赠者来自东部，是一名女子。

恕之问："他可觉兴奋？"

"他叫我暂时别将消息告诉你，万一节外生枝，你不致失望。"

恕之笑出声来。

安医生激动地说："你俩真诚相爱，双方都只为对方着想，令人感动。"

恕之突然羞愧："哪儿有医生说得那么好。"

安医生说："你先做手术，他跟着来。"

平律师到访。

她握着恕之的手："深小姐，我代子觉多谢你。"

"你们都爱惜他。"

"手术后我会为你们主持婚礼，你喜欢何种仪式，在什么地方举行？"

恕之牵动嘴角："也许，他痊愈之后，不再愿意娶我。"

平律师握住她的手："那我头一个不放过他。"

看护进来替恕之做麻醉。

平律师与安医生碰头，她轻轻说："本来我欲着手调查深恕之身份。"

安医生低声答："我不怪你。"

"可是，今日已无必要。"

安医生点点头："她爱子觉，这已经足够。"

两人都重重吁出一口气。

过两日，恕之回家休息。

医生安排得很好，她回家那日，刚好王子觉进院，她还可以送他。

王子觉说："我只是例行检查，有好消息，安医生会通知你。"

恕之微笑。

王子觉充满信心："等我回来。"

恕之看他出门。

那天傍晚，仆人对她说："深先生回来了，他在客舍。"

恕之抬起头。

十多二十年来，她与他相依为命，两为一体，如影随形，她对他唯命是从，赴汤蹈火，他对她也一样。

可是今日，她第一次嫌他多余。

她听到他的名字，心中一凛。

她缓缓走到客舍，正好看到他慢慢走出来。

有好几日没回家梳洗，他头发肮脏凌乱，半脸胡须，衣衫不整，他朝她伸手。

她不去理他，只说："快去清洁。"

他赔笑："看到你无恙才放心。"

恕之不出声，他过来拉她，她本能地挣脱。

"还在生气？我已赶走那女人，以后不再犯。"

恕之不出声。

"我实在闷不过，这一段日子整天无所事事困在屋里……我再向你道歉。"

恕之双手绕胸前。

"听仆人说，你们将准备婚礼。"

恕之黯然，低头不语。

他所关心的，不过是这件事。

"证书上有双方签名，又有见证人，不怕他抵赖。恕之，你将承继他全部财产，恭喜，你日薪不止十万。"

恕之听到这种话只觉刺耳。

从前，他俩默默行动，今次，他一定是觉得要用加倍力气说服恕之。

"王子觉人呢，到什么地方去了？"

这时仆人走近："深小姐，安医生找你。"

恕之看到忍之眼中有一阵喜悦，他认定王子觉危殆。

恕之走回客厅听电话，安医生在那头说："恕之，手术成功，他想见你。"

"我立刻来。"

司机把车驶到门口，恕之看到她兄弟似只夜鸮远远观望，等待死亡消息。

恕之打了一个冷战，因为她也是鸮的同类。

恕之看到王子觉躺在隔离病房里沉沉睡着，她希望这个无辜善良的人可以继续生活下去。

她问医生："可以说话吗？"

"暂时不行。"

这时王子觉忽然睁开双眼，看到玻璃窗外的恕之，他笑着朝她摆摆手。

恕之说："子觉有顽强的生命力。"

恕之把"早日康复"写在纸上给他看读。

安医生把恕之带到会客室，他说："在你出现之前，他已放弃，整日关在书房内，自拟讣闻：王子觉，江苏省崇明岛人士，在世寄居二十七岁……"

恕之抬起头微笑："原来他只有二十七岁。"

"他是孤儿，并无亲人。"

"我也是。"

"恕之，你还有兄弟。"

恕之点点头："啊，是。兄弟。"

"子觉也有若干表亲，患病之后，没有精力应酬，渐渐疏远。"

看护敲门进来："王子觉想吃覆盆子冰激凌。"

安医生摊摊手："病人一有精神便开始刁钻。"

恕之说："家里有，我回去拿。"

安医生告诉她："明早再来，可以与他讲话。"

恕之揉揉双目。

"你自己也需休息复原。"

　　司机把她送回家去，雪是停了，气温却更加寒冷，地面银光闪闪全是冰屑，一不小心就会摔跤。

　　忍之在大门口等她，他问："可是不行了？"

　　恕之不出声，他伸出手拉住她："告诉我。"

　　恕之回答："他情况稳定。"

　　"我有话同你说。"

　　"今日来回奔波，我已十分疲倦。"

　　"明天早上我找你。"

　　第二天，他起得晚，恕之早已出去。

　　过了几天，她接了王子觉回家，同行还有医生看护。病人坐在轮椅上，穿着斗篷保暖。

　　从那天开始，病人一日胜一日地康复。

　　恕之陪着王子觉散步，下棋，读书，聊天，在庄园里无忧无虑谈到婚礼。

　　王子觉说："请什么人，吃何种菜式，你尽管说，喜欢哪件礼服，叫专人去订制。"

　　恕之凝视王子觉，他开始长出毛茸茸的头发，皮与骨之间有脂肪垫底，不再像一具骷髅。

　　他长相并不难看。

最主要是，他心地善良，从来没有人像他那样爱惜恕之。

恕之这样回答："牧师到庄园主持仪式就可以，无所谓穿什么吃什么。"

王子觉笑："就这样简单？"

"下星期一好吗？会否仓促？"

"我请平律师安排。"

恕之站起来替他斟葡萄酒。

"恕之，多谢你走进我生命。"

这个可怜的人，至今还不知引狼入室。

恕之伸手握住他的手。

王子觉说："我决定把松鼠餐车赠予你兄弟，设法帮他领取售酒执照，你们兄妹仍然住在同一区。"

他为她设想周到。

恕之忽然想起："但松鼠餐车是松山的生意。"

"松氏夫妇仍然可以留下。"

恕之当时并不觉得有何不妥。

王子觉说："天气暖和了，我们可以扬帆出海，或是往欧洲旅行。"

他说得仿佛整个世界就在他们面前。

"恕之，我们还可往城内小住，逛博物馆观剧游公园购物。"

他双手紧紧握住恕之的手："我俩永远不再寂寞。"

他们背后有人咳嗽一声。

王子觉抬起头。"忍之，过来，好消息，医生说我有机会完全康复，届时我俩出去打高尔夫球或是网球，我还喜爱赛车及风帆，我俩可以做伴。"

忍之整个人僵住。

王子觉看着他："恕之没告诉你？她一定是太高兴了，我已接受骨髓移植，手术成功。"

忍之动也不动。

王子觉说下去："真幸运，捐赠者不愿透露身份，我已托安医生衷心致谢。"

忍之取起桌上酒瓶，自斟自饮。他脸色煞白，双手微微颤抖。

"忍之，从此把王家当自己家好了。"

恕之忽然说："忍之，你有什么要求，尽管提出，子觉说，把松鼠餐车转赠给你，但是我知道你一向不喜乡间生活，你情愿到城市发展，是不是？你大方向子觉讲清楚，不用客套。"

忍之一双眼睛瞪着恕之，难抑怒火。

王子觉轻轻问："忍之，你要到城里去？"

忍之不出声。

恕之说下去："忍之，子觉或可给你一笔投资。"

王子觉有点纳罕，他一直以为未婚妻与她兄弟相依为命，但听她此刻口气，她像是不介意兄弟单独到城里发展。

忍之脸色转为灰败，他太了解恕之，她是叫他走：给你一个数目，走，走得远远，最好永不见面，你我一刀两断。

她竟当着陌生的王子觉说出这种话来。

忍之怒极不发一言。

恕之却很镇定："说你需要多少。"

隔了很久，忍之压低声音："松鼠餐车会是个好开始。"他一声不响地走出书房。

恕之失望，她心底也知道忍之不会这么容易罢休。

王子觉同未婚妻说："他不想往城里发展。"

恕之轻轻回答："是我搞错了。"

"这事可以慢慢商量。"

恕之不出声，她内心不安。

"你放心，我一定支持他。"

第二天，平律师往松鼠餐车走一趟。

她这样对松山夫妇说："王先生计划收回餐车改营酒吧。"

松山夫妇面面相觑，他们已听闻有这个谣言，没想到噩梦成真。

松山喃喃说："这好比晴天霹雳。"

平律师微笑："松叔太紧张了，王先生会付出适当赔偿，你们已届退休年龄，乐得清闲。"

松山忽然说："法律规定公路旁不可开设酒吧。"

平律师不再回答。"这是文件，请细阅并且签署。"

松山又说："我们愿意出价买下松鼠餐车。"

平律师诧异："餐车生意并不太好，你俩何必胼手胝足辛苦经营。"

松山夫妇也说不出具体理由。

平律师告辞，贞嫂送她上车。

她说："平律师，我知道很多话你都不方便讲，可是我想证实一下，听说，王先生做过手术，身体将会康复？"

平律师伸出食指，在车窗上点了两下。

"还听说，王先生会在过几天结婚？"

平律师又敲两下。

"新娘,是我们认识的人?"

平律师微笑上车:"贞嫂,保重。"她开动车子离去。

松山跟着出来:"谣言都是真的?"

贞嫂点点头:"他们说,新娘正是那个深恕之。"

"怎么可能,她是一个丐妇。"

贞嫂凝视旧谷仓:"老山,我俩引狼入室。"

松山却说:"我还是觉得好心会有好报。"

"老山,你也听过东郭先生与狼的故事。"

"深恕之身世可怜,我不相信她是一只狼。"

贞嫂愤愤地说:"我心有不甘。"

"多少烦恼由此而来,我们必须随遇而安。"

贞嫂忽然落泪:"带大子女,飞了出去,一年只回来一次,刚把餐车生意搞好,一声遣散,又吃白果。"

"你并不是看不开的人,这次怎么了?"

他们刚想回转餐车,忽然有一对年轻男女走近,他们背着巨型背囊,脸容疲倦,分明流浪到此。

男子问:"可有临时工吗?"

松山答:"快开春了,三月会有。"

　　贞嫂看着他俩，心中一动。

　　他俩坐在石凳上，打开背囊，取出冷面包。

　　好心的松山说："我请你们吃热菜。"

　　那男子却说："我们不是乞丐。"

　　松山笑说："我当你们是客人。"

　　他向妻子示意，贞嫂正想进餐车去取食物，忽然看到那对年轻男女改变姿势背对背坐起来。

　　那个坐姿好不熟悉。

　　啊，是，深恕之与她兄弟也有这种习惯，流浪儿必须保护自身，背脊不能危险地临空。

　　贞嫂看着他们，稍后松山取出大盘肉食、蔬果以及饮料，他们站起道谢。

　　这时，贞嫂猛然想起一件事，她似被人浇了一盆冷水，"哎呀"一声。

　　不久之前特别罪案组人员向她展示的照片，那对坐在游艇甲板上的男女，也是背靠背坐。

　　松山唤妻子："你怎么了，还不进来工作？"

　　贞嫂不出声，回到餐车，找出特别警队的名片，看到"朱昌"两个字。

她拨电话过去，说了几句。

松山大声喊："厨房忙得透不过气，你帮帮忙好不好？"

贞嫂全神贯注听电话，她压低声音说："照片中的男女年纪比较大，相貌也不相同，可有最新相片？"

那边又说了几句。

"他们过去犯案详情，可否告诉我？"

终于，贞嫂挂上电话。

松山走近。"你干什么？"

他一眼看到名片上警章图样。"你莫多管闲事。"松山的声音变得严峻。

这时，传真机嘀嘀响起，贞嫂过去取过纸张，低头一看，立刻交给松山。

松山只见是一男一女的照片，文字注明：两人看上去可能比实际年龄年轻。

贞嫂轻轻说："方便行骗。"

照片中的男女正是深恕之与深忍之，这次照片比较像，松山一眼认出，他沉默无言。

半晌，松山问："他们犯什么案？"

贞嫂回答："一模一样的作案方式，利用人们的同情心，

冒充是一对孤儿，走投无路，露宿街头，在横风横雨中要求
教会、民居、社团收留，伺机行窃欺骗伤人。"

"我们怎么没看出来！"

"因为人有善心。"

"他们演技逼真。"

"警方说他们并非兄妹。"

"什么？"松山震惊。

"他们是一对情侣。"

松山把嘴张得老大，又合拢，十分沮丧。

贞嫂顿足："这一刻想起来，真怪我俩愚鲁，怎么会看不
出来，他们是何等亲密。"

"可怕，你可有把他们的下落通知警方？"

贞嫂不出声，她摇摇头。

"你还在等什么？他们曾经伤人。"

"在东部一家教会，他们用刀刺伤神职人员，一路逃到这
里，警方说，因那人拆穿他们是假兄妹关系。"

松山抬起头："不只这么简单吧。"

"警方亦说，那人威胁恕之，要她顺从，她反抗起来，与
忍之合力刺伤对方。"

"教会里也有阴暗角落。"

"松山，他们兄妹的目的不是我俩。"

松山抬起头："他们旨在王子觉。"

"正是。"贞嫂叹口气，"真好计谋。"

"从什么地方，给他们知道有王子觉这么一个人？"

"王子觉在松鼠镇是名人，颇有一点财产，但只得三个月寿命。"

松山搓着手："也许，凡事只是巧合，我们为安全起见还是通知警方吧。"

贞嫂却无行动。

"你打算怎样？"松山起了疑心。

"我想找深恕之谈一谈。"

"谈什么？"

"松山，我想要回松鼠餐车。"

松山大惊失色："不可，他们是职业骗子，早有预谋，深恕之已将王子觉玩耍在股掌之上，你不是对手，危险。"

"不能叫坏人顺风顺水。"

"你与他们混一起，你也变坏人。"

"我不甘心明吃亏，被他们利用。"

　　"阿贞，你千万不可有这种念头，此事只可由警方处理。"

　　贞嫂想一想："你说得对，明早，我会通知警方，说他俩匿藏在王家。"

　　"记得隐名。"

　　贞嫂感慨："这是什么世界，好人怕坏人。"

　　"你没听过这话，神鬼怕恶人。"

# 四

原来每个人都可以受到引诱，
每个人都有可能变质。

贞嫂心中暗暗盘算。

下午，她借故到镇上购物，驾车驶往王宅。

松山多次劝阻，并不生效。这个中年女子犯了她一生中最大错误。到了王宅，她看到仆人来来往往忙着把花束鲜果搬进屋内，春季尚未来临，全屋已经五彩缤纷。

有人迎上来："大婶找谁？"

贞嫂回答："我找深恕之。"

"深小姐在书房，请问尊姓大名，我去通报。"

贞嫂不相信这种排场，什么深小姐，在书房忙啥？一个多月前，深恕之还在厨房洗油槽，走近她，可以闻到一股油腻味，双手浸水过度永远红肿。

"就说是贞嫂。"

"请稍等。"

贞嫂抬起头，看到大厅新装置的水晶玻璃灯。别家的水晶灯形状通常像一只蛋糕，这盏却是一条直线，一直自门口通往走廊。

满室鲜花，藕色的牡丹、玫瑰、玉簪摆满整个客厅，近壁炉处摆着小小讲台，分明是牧师主持婚礼的地方。

这么快！贞嫂错愕，深恕之已经爬上女主人的位置。

在松鼠餐车，一切如常，与一年甚至两年前没有分别：少年们放学仍然来喝冰激凌苏打，货车司机照旧要一客三层汉堡……很明显，深恕之的世界已经前进好几个世纪。

"贞嫂。"有人叫她。

贞嫂抬头转身，看到一个穿白色套装的年轻女子叫她。

啊，这就是深恕之了，贞嫂没把她认出来。

只见她把鬒发剪得极短，乌亮油滑地贴在头上，耳上戴两颗珍珠，映着雪白无瑕的皮肤，乳白色凯斯咪[1]衣裙下美好身段毕露，这女子已脱胎换骨。

这是深恕之？贞嫂觉得匪夷所思。

---

[1] 凯斯咪：英文 cashmere 的音译，山羊绒的俗称。

"贞嫂你好，找我有事？"

的确是恕之的声音，语气仍然非常尊敬有礼。

贞嫂看着她。

恕之亲手自仆人手中接过茶杯递给贞嫂："贞嫂有话对我说？"

贞嫂轻轻说："你要结婚了。"

恕之十分坦率："是，明天早上十时，牧师来主持婚礼。"

她白皙的手指上戴着一枚宝石指环，谁还认得出她就是先前讨饭的乞妇。

贞嫂决定长话短说。"我都不认得你了。"

"贞嫂太客气。"

贞嫂走近她："你的事，我都知道，只有我晓得你们躲匿在王家。"

恕之呆住，内心悲哀多过震惊。

她握着双手，看着贞嫂，她没想到贞嫂会出言恫吓。人心难测，这个原来老实勤工的中年女子此刻心里想些什么？

"把松鼠餐车还给我们，我可以替你保守秘密。"

啊，原来如此，贞嫂来恐吓勒索，恕之从未想到贞嫂会那样做。

她缓缓坐下:"我不明白你说什么。"

贞嫂握紧拳头:"你当然知道,你们根本不是兄妹,刑警正追缉你俩,我一去报告,你俩立即关进监狱,荣华烟消云散。把餐车还给我,我只当什么也没发生过。"

恕之看着她:"我仍然不知你的意思。"

"你想想清楚,明早十时之前,我要得到你的答复。"

这时,仆人带着礼纱公司职员进来,他俩捧着一件像一朵云般的礼服,笑着说:"深小姐请快来试礼服。"

贞嫂转身离去。

恕之看着她的背影,利之所在,竟叫一个平实村妇变得贪婪奸诈。

原来每个人都可以受到引诱,每个人都有可能变质。但恕之并没有因此原谅自身,她忽然微笑。

明日就要结婚了。

那一边,贞嫂上车,刚启动引擎,发觉后座有人,她吓一大跳,霍地转过身去,看到一个皮肤黝黑的年轻人,双眼油油发光。

是深忍之!他什么时候躲在她的车后座?

贞嫂低喝一声:"你想怎样?"

深恕之不徐不疾地说："恕之说，明早六时整，迷失湖边近公路出口等你，她会把餐车地契交给你。"

贞嫂一呆，这么容易？

他已开门下车离开。

贞嫂开车回家，松山在门口等她。

他一味苦口婆心："你可不要乱走，平律师来过，她放下一张支票，那数目足够我们到别处购买一家小咖啡店。"

贞嫂低声说："深恕之会害死王子觉。"

"他们都是成年人，知道在做什么事，你切莫妄想替天行道。我们速速收拾，离开是非之地，你也别去派出所说三道四了，免得警方先详细调查你我底子。"

贞嫂点点头。

松山叹口气，提早打烊。

他最后提醒妻子："松鼠餐车从来不是你我的物业，我们不过是伙计，一向以来，也没替老板赚过什么钱，应该心足，切勿记怨。"

贞嫂不出声，她仍在沉吟。

她一直没有睡，融雪时分，气温骤降，她觉得冷，没到天亮，她就已经决定听从丈夫忠告，从此撒手，不再管他人闲事。

人家已经再世为人，这是深恕之的重生机会，一切恩怨，由她与王子觉自理。

贞嫂悄悄出门开车去迷失湖，她把车停在公路出口，缓缓走下湖畔。

天还没有亮，略见鱼肚白，她可以看到鳟鱼在湖中心跳跃，雁群组成人字飞归北方。

她打算告诉深恕之，她与松山将离开松鼠镇，不管闲事，她甚至想祝福她。

忽然，贞嫂听见有脚步声，那是靴子踩在碎融冰上特有的清脆声。

她转身问："你来了？"

没人回答。

"恕之，是你？你放心，我不会害你。"

就在这时，贞嫂头上着了一下重击，她眼前一黑，立刻失去知觉，倒卧草坡上。

浓稠血浆自她额角冒出，接着，有人把她拖到湖边，一脚把她踢进水里，她身躯缓缓沉入水中。

这时天上飘下大量湿雪，稍后，这湿雪化为大雨，初春终于来临。

七时，松山起来，不见妻子，暗呼不妙。他披上外套冒着倾盆大雨开车追出去，只见她的小货车停在路边，车匙还在匙孔。

松山立刻通知警长。

他小心翼翼走下山坡，大雨冲着融雪，泥泞一片，寸步难行，他什么也没有看到。

警长隔了半小时才到，口出怨言："那么大一个人，对这区地形了如指掌，会跑到什么地方去？你太紧张。"

松山不出声。

他已尽了力，叫她自我控制，别做出叫人后悔的事，她偏偏不理。

小镇的警长问："老夫妻耍花枪可是？过半天她下了气自然会回家，你先把货车驶走。"

松山不出声，贞嫂分明来见一个人，大约说几句话就打算回转车里，所以车匙还留在车上。

警长并没有敷衍塞责，他在现场仔细观察，却无发觉任何异常迹象。

大雨倾盆，似要把所有冬季遗留下的冰雪冲走。

积雪融化，露出黑色泥地，他看到小小萌芽，一种叫早见樱的紫色花朵已经展露花瓣。

他看不到足迹或是挣扎痕迹，假使有，这场大雨也肯定帮助了行凶者。

松山说："警长，陪我到王家去一趟。"

"王子觉今晨举行婚礼，他没邀请任何亲朋。"

"警长，我们也是多年朋友。"

"好好好。"警长无奈。

他还是去年由王子觉努力推荐，才由巡逻警员晋升。

倒不是因为这个他不愿打扰王家，而是他由衷认为拄着拐杖走路的王子觉同镇上任何坏事都没有牵辖，倘若世上还有一个干净的人，那就是这个患重病的王子觉。

警长与松山到达王宅，刚巧碰到牧师。

牧师微笑："相请不如偶遇，两位请进来观礼。"

王子觉已经准备妥当，坐在大厅等候新娘，看到不速之客，丝毫没有不悦。

王子觉穿着深灰色西服，大病初愈，仍然消瘦，可是神清气朗，他左手握着拐杖。

大厅里全是鲜花，两位证婚人安医生与平律师也已准备好了。

这时琴声轻轻响起，原来平律师兼任司琴，王子觉缓缓站起，慢慢走到讲台之前，微笑站好。

大厅门前新娘出现，她似一团亮光，皎洁的容颜在这个雨天早上照耀了整个大厅。

她的微笑安详秀丽，她挽着她兄弟的手臂，随着琴声，走到王子觉身边。

警长点点头："他俩十分相配。"

松山发呆，只有那纤细的身形告诉他，新娘是深恕之。

她穿一袭贴身软纱衣，头上罩着小小面纱，似仙子一般，她的兄弟谨慎地把她的手交给王子觉。

牧师行礼，讲出简单誓词。

他俩在证书上签名。

警长上前恭喜。

恕之笑说："多谢两位观礼。"

王子觉问客人："恕之是不是世上最美新娘？"

警长答："肯定是。"

他并没有忘记执行任务。

他轻轻问新娘兄弟："各位今晨一直在这间屋里？"

深忍之笑答："我一直睡到九点，由新娘拉我下床。"

"他们打算去何处蜜月？"

"还未决定，子觉不适合远行。"

警长抬头，看到平律师把松山拉到一边，详细交谈。

然后，松山低下头，对警长说："我们走吧。"

警长意外，这是怎么一回事，松山像是泄了气。

他们坐警车离去。

"婚礼简单圣洁。"

松山不出声。

警长送他到门口："贞嫂回家时，同我说一声。"

松山应一声。

刚才，平律师告诉他，东部华园市有一家咖啡店出售，请他过去看看，如有意思，她可以代为接洽。

华园市离他们子女近，本来，两夫妻可以立即动身前往东部，可是贞嫂偏偏要节外生枝。

客人走了，王子觉问平律师："警长有什么事？"

平律师答："他说松山以为贞嫂来了此地。"

"何用惊动派出所？"

"在这小镇上，每个人都是朋友。"

安医生走近："子觉可望完全复原，双喜临门。"

他们享用茶点，安医生这时与王子觉走进书房，关上门，说了几句话。

开门出来时，王子觉双眼与鼻尖都有点红，他一声不响，过去握紧新娘的手。

平律师走过去，低声对医生说："告诉他了？"

"他俩已是夫妇，他娶她，并非为着她救他一命。"

"君子成人之美。"

平律师点头："他俩仿佛注定要在一起。"

这时，恕之切了一小块蛋糕，送到王子觉口中。

平律师旁观者清，她认为这是真情，并非假意。

王子觉转过头来说："小镇沉闷，我与恕之打算离开此地，到城里居住。"

安医生说："春季再说。"

恕之抬起头："忍之呢，他在什么地方？"

仆人轻轻回答："深先生回到客舍，正在摔东西。"

恕之一怔，没有反应。

王子觉问妻子："可要问他为何发脾气？"

恕之缓缓说："还不是喝多了，酒醒便没事。"

王子觉说："忍之应该少喝一点。"

平律师不好理他们家事："我告辞了。"

安医生连忙追上去："我送你。"

"我自己有车。"

"那么你送我，平静，给我一个机会。"

他们走出门口。

恕之笑出声来："他俩若可以成为一对，那该多好。"

"平律师嫌安医生老相。"

"平律师不是这样肤浅的人。"

王子觉笑着抚头："幸亏我的头发渐渐长回来了。"

恕之看着他："我可不重视那些。"

他俩穿着结婚衣服并排坐在一起，像结婚蛋糕上装饰用的那对小小人形。恕之握着王子觉的双手，从此她有一个家了。

她轻轻说："子觉，其实，你不认识我。"

她把脸靠在他肩膀上，他虽瘦小，但是她觉得他可以保护她。

王子觉看着她："刚相反，我对你有深切了解。"

恕之不安："我想向你解释。"

"不用多说。"

"我有些过去，可能会给你惹若干麻烦。"

王子觉笑："应在婚前告诉我。"

"我知道。"恕之吁出一口气，"可是——"

"嘘，恕之，不要解释，你的事即我的事，你若像我在鬼门关打转两年，你也会觉得世上没什么大不了的事。"

他俩肩靠肩那样坐着低谈。

仆人进来，微笑着替他们添茶，又轻轻走出去。

恕之忍不住饮泣。

三天之后，松山向警署报案：人口失踪，他妻子一去不返，并没有回家，她的银行存折、旅行证件、衣物……全部留在家里。

警方帮松山发出寻人启事，他再三到迷失湖那个公路出口去寻人，徘徊又徘徊，始终找不到蛛丝马迹。

警长说："松山，水温再回暖一两度，潜水人员会到湖里打捞。"

松山变色，垂头不语。

"贞嫂可有亲戚，是否为着赌气回转娘家？"

松山摇头叹气。

不知怎的，他没有把特别刑警调查深氏兄妹的事说出来。

警长说："我若不是认识你一辈子，松山，我第一个怀疑的人就是你，据警方统计，百分之七十五的女性遇害者认识凶手。"

松山把王子觉付出的支票存入银行，把松鼠餐车交回平律师，打算沉默地离开松鼠镇。

他没有任何证据指控任何人，在小镇上住了几十年，这是他唯一可以到城里呼吸新鲜空气的机会，他不愿失去那笔补偿金。

现在，他可以住到子女身边，试图亲近他们。他若是乐意付出的话，他们大抵不会讨厌他，想到这里，松山悲哀落泪。

松山离去的第二天，就有工人开来一辆推土机，把旧谷仓铲平，接着，又推倒了餐车，从前的松鼠咖啡店，已变成一个空置地盘。

这几天，恕之比往日更加沉默，仆人只见她独自坐在窗前，看向窗外，动也不动，像具瓷像，只有王子觉走近她身边，她才会抬起头握住他的手。

下午，王子觉在书房见客人，恕之坐在窗前，忽然入梦。

她看到一个灰色人形，恕之走近，那人是贞嫂，恕之轻轻说："我知道你迟早会来，你要的，王子觉已经付给松叔，快快离去，莫再多事。"

贞嫂指着她说："你骗人，我知道你做过什么，你伤天害理，你诈骗行窃，你做过什么，我全都知道，我要揭发你。"

恕之忽然笑："我做过什么，你全知道？我想不，否则，你会站在我这边。"

贞嫂过来扯住她衣襟。

恕之挣扎："贞嫂，我们原是朋友。"

拉扯间她惊醒。

恕之定一定神，取过外套，驾车往松鼠餐车，她得三口六面与贞嫂说明白。

可是她只看到一块用铁丝篱笆围着的空地，恕之以为走错路，再兜了几次，又回到原处。

恕之猛然醒觉，松鼠餐车已经拆除。

有两名少年在附近吸烟。

恕之扬声问："餐车呢？"

"真烦，可是，以后不知到什么地方打趸[1]，听说要改建酒

---

[1] 打趸：一般指待在一个地方很久，消耗时间。

吧，十八岁以下恕不招待。"

恕之发呆，竟没有人告诉她。

"松山与贞嫂呢？"

少年弹去烟蒂。"你不知道？"他十分诧异，"松山夫妇离开了松鼠镇。"

恕之忽然觉得呼吸不顺，掩住胸口。

少年笑嘻嘻地问："你是谁，你来探亲，还是游客？"

他渐渐走近，恕之一惊，连忙把车驶走。

回到家中，她立刻找忍之。

推开客舍门，一片黝黯，她一路寻过去，看到房门口贴着"请勿打扰"字样，恕之一掌推开房门。

有人自床上跳起来。

幸好这次只有忍之一个人，与他同床的还有半打酒瓶。

恕之开大窗户，冷风嗖一声钻进，忍之痛苦大叫。

恕之说："醒一醒，我有话说。"

忍之穿衣，冷笑："王太太你有话应找王先生说，我已多日没见过你，追不上你的节拍。"

"忍之，他们说松氏夫妇已经搬走。"

"你不知道？"忍之嘲笑，"尊夫没告诉你？"

"他们去了何处？"

忍之关上窗："你这个女主人是怎么做的，在你举行婚礼那日，贞嫂失踪，再过几日，松山也离开松鼠镇。"

恕之像站在冰窖里："贞嫂失踪，她去了何处？"

"你怎么问我？"

"忍之，你做过什么？"

忍之声音更冷："你打算怪我？这可是你的计划，王太太改邪归正，以往过失，归咎兄弟。"

恕之双手簌簌发抖。

她猛然转身，想奔出去，却看到女仆站在门口。

"太太，可以打扫吗？"

恕之点点头。

她回到大宅，王子觉迎出来："恕之，你去了什么地方，下次出外，叫司机接送。"

恕之过去握住他的手。

"双手冰冷，你面色也不好，发生什么事？"

恕之低下头："松鼠餐车不见了。"

王子觉诧异："这原是你们兄妹的主意，餐车改建酒吧，松山同意接受赔偿离去。"

恕之吁出一口气。

王子觉温和地说："那段日子，你也应该忘记。"

忘记？大雪天，举步维艰，忍之受伤，瑟缩在破车里，由她去讨饭，远处，只得一个地方有灯光，那是松鼠餐车。

这并非前世，这只是上一季。

小小餐车救了他俩贱命。

今日，她的身份已受法律保障。

王子觉安慰她："你有心事，不妨对我说。"

"我没事。"

"恕之，我可以推荐心理医生帮你开解。"

恕之慌忙说："不不……不要。"

他又问："可欣赏我的新发型？"总想逗妻子开心。

他的头发已有一公分[1]长，长得相当密，像刷子。

恕之笑起来："很好看，我很喜欢。"

王子觉把她的手放在腮边轻吻。

恕之轻轻说："我终于有个家了。"

他俩紧紧拥抱。

---

[1] 公分：公制长度单位，厘米的旧称。

仆人见到，微笑着退出。

她们轻轻私议："他俩像小孩一般亲爱。"

"叫人对感情恢复信心。"

"看了真觉可爱，两人都那么静，小世界里只剩他们一对。"

有时，两人在园子散步，一两小时是等闲，回来喝点红酒，又是一天。

那日恕之在书房静坐，忽然有只手搭在她肩上，她轻问："子觉？"

身后的声音答："不是子觉，是我。"

恕之一震，表面上不露出来："你来得正好，我有话说。"

"好一副女主人口气。"

恕之低声说："忍之，目前最好的建议是你离开松鼠镇。"

出乎意料，忍之这次没有生气："讲来讲去，你是要我走。"

恕之说下去："你我是可怜孤儿，我俩最担心的事，并非有无人爱惜，或是他日有否一番作为，我们只求鞋子不破，肚子不饿。"

"你想说什么？"

"忍之，我只想要一个永久住所，有段日子，我每早醒来，不知睡在车斗抑或桥底，感觉可怕。"

忍之说:"找得到钱的时候,我俩也租过游艇四处畅游。"

恕之掩脸:"啊,三更富五更贫,我害怕无常。"

"你厌倦了该种生活。"

恕之点点头,落下泪来。

"你打算叫王子觉花点钱叫我走,正像他叫松山走一样。"

恕之不出声。

忍之伸出手指抹去恕之脸颊上的泪水:"如果我不是你兄弟,真会相信这眼泪是真的。"

恕之恳求:"你要多少尽管说,做得到一定成全你,手边宽松,你要什么有什么。"

忍之看着她:"没想到你谈判口气如此老练,这些日子,你益发进步。"

恕之说:"我与子觉……相处得很好,恳求你给我一个机会,成全我们。"

忍之酸笑:"原先计划,仿佛不是这样的。"

"所以我们愿意赔偿。"

"'我们',那不是我们兄妹吗?"

"我与子觉已经正式结婚。"

"本来他只剩几个月生命,签妥婚书,你成为他唯一继承人，可是，你办事周到，你捐赠骨髓给他，使他对你死心塌地，然后，你要轰走我。"

恕之惊惶，退后几步："你知道了。"

"同一个屋檐下，有人说话声音大了一点，我想听不到也不行。"

恕之变色，一时语塞。

"你演技超班，心思缜密，我非常佩服你。"

恕之喃喃说："我不是要与你斗，忍之，让我们重生吧。"

忍之忽然改变话题："贞嫂可是来过，这个愚昧的女子，去了何处？"

恕之恐惧地瞪着他，掩住胸口，只想呕吐。

"你可有想过，贞嫂怎样失踪？"

恕之越退越后，背脊已经碰到墙壁。

这时，王子觉走进书房来拿报纸杂志，看到两人，有点高兴："啊，兄妹终于和解了。"

他立即发觉他俩面色铁青，毫无笑容，分明仍有争执。

王子觉对恕之说："过来。"

恕之缓缓走近丈夫，王子觉双臂揽住她的腰身："同大哥说声对不起，无论什么事，妹妹都要体贴大哥。"

恕之一听，怔怔落下泪来。

王子觉又说："忍之，一家人，我们三个，再也没有其他血亲。"

忍之轻轻说："恕之一定要赶我到城里发展。"

王子觉纳罕："这是怎么一回事？难怪忍之不悦，这里也是他的家，他要待多久就是多久，你别去理他。"

忍之说："恕之此刻，什么都向着王家。"

王子觉笑着问恕之："这是真的吗？我何其幸运。"

忍之说："子觉，我打算到东部探朋友。"

"我给你零用。"

王子觉立即拉开抽屉写支票。他的双手开始有力，同前些日子不可同日而语。

他把支票交给忍之："去多久？别叫我们挂心。"

忍之看着恕之说："你们放心，我不会去很久。"他眼睛露出异样光芒。

忍之随即离开书房。

王子觉轻轻说："忍之可能觉得我抢走了他唯一的妹妹。"

恕之的双手颤抖："天气不愿回暖。"

"他们说迷失湖附近樱花已经绽开，我们稍后出去观赏。"

"哪儿有这么早。"

他替妻子披上斗篷，他们刚想上车，看到忍之驾驶吉普车飞驰而去。

恕之不出声，双手颤抖得更加厉害。

王子觉问："忍之去什么地方？"

恕之知道他的习惯：在偏僻处找家旅舍，放下简单行李，便在附近找酒精、毒品、女人。

一两个星期，钱用光，过足瘾，他自然回来，恕之会又一次收留他。

一而再，再而三，已经十年八载，他惯性间歇失踪。开头，恕之担心，到处找他，成为笑话，酒保们揶揄："又来找大哥？"渐渐恕之知道他会回来。

迷失湖畔有一列樱树，花蕾累累，树梢一片淡红色，但是花朵却还未绽开。

王子觉笑说："我们够诚意的话，站着等，樱花也许就会开放。"

恕之吸进一口新鲜空气，轻轻说："许多人不喜欢这花，刚绽开就纷纷落下，华而不实。"

王子觉紧紧搂着妻子："恕之，我一直没有感谢你舍己为人。"

恕之点点头："你们都知道了，最后才告诉我。"

王子觉笑："你自然是第一个知道，你是捐赠者。"

"安医生答允我隐名。"

"他不会瞒我。"

"医生也食言，活该平律师拒绝他追求。"

王子觉笑不可仰，他觉得一生中最黑暗的日子已经过去，他紧紧握住妻子的手，毫无疑问，她是他的守护天使。

她再三说："我真幸运。"

这时湖面渐渐积聚一层薄雾。

他指给恕之看："天气要回暖了。"

鳟鱼跃出水面，又落入湖中，松鼠在他们脚下窜过。春季的确已经来临，很快，他们会看到母鸭领着四五只小鸭摇摆地过马路。

王子觉说："我不再寂寞。"

他一点也不觉恕之内心世界已经颠倒得乱七八糟。

第二天一早，恕之带着仆人到客宿打扫清洁。

她们在房内找到大堆肮脏衣物，袜子又臭又硬，像是会站立走路，恕之却一双双仔细检查，丢进箩里，叫仆人打包丢掉。

她再检查衬衫裤子外套，袖口领口只有污垢，并无其他，吩咐仆人用机器洗半小时。

轮到鞋子了，恕之仔细查看，鞋底却不见泥渍。迷失湖附近的松树全年都落下松针，泥中会混合树叶，但恕之三双靴鞋都相当干净，她还是命仆人扔弃。

恕之知道，只要有一滴血三两粒皮肤细胞，鉴证人员也可以探查出来。

她打开柜门，看到许多空酒瓶，全部收拾干净，她寻找攻击性武器，却连棒球棒也没有。

恕之可没有放心，叫仆人用蒸汽吸尘器把里里外外都清洁消毒，恕之仍然坐立不安。

她在客房踱步，王子觉进来。

"可是嫌这里狭窄？"

恕之摇摇头。

他笑："忍之不修边幅。"

在王子觉口里与心中，每个人都是好人。

他说："大屋可以加建，忍之可以住在二楼东翼。"

恕之说："他迟早会到城里发展。"

"他走了，我们也觉冷清。"

"子觉，他总是闹事。"

王子觉十分乐观："忍之还未找到生活目标，一旦有目的，他精神得到寄托，自然安定下来。"

恕之命人打开窗户使空气流通。

仆人报告："安医生来了。"

这是王子觉规定的检查身体时间。

恕之在客舍再三徘徊，终于回转大宅。

那天晚上，她提前睡觉。

睡到一半，听见声响，以为是丈夫，她脱口问："子觉？"

一个黑影回答："不是他，是我。"

恕之气馁："你这么快回来了。"

"可是巴不得我也失踪？"

恕之噤声。

"你能捐骨髓给王子觉，我也可以，不知将来你会否挖出我心脏送给他，或是我的眼核。你心中已无别人，你只想讨好他。"

他渐渐走近，用手掐住恕之的脖子，恕之喉咙气管受到压缩，呼吸困难，眼前一片昏黑。

她惊醒，从床上跳起来。

梦境的感觉是那样真实，她掩紧胸口。

天已亮了，她听见窗前嗒一声，恕之打一个冷战，这是他们之间的暗号，投石问路："你醒着吗？我有话要说。"

恕之走到窗前，低头一看，却没有人。

照说，刚做过噩梦，她应当害怕，但是恕之却十分镇定。没有人，大抵是松鼠，这是它们出洞的时分了。

她看到意外的一幕：王子觉把平律师送出门来，临上车，平律师还与王子觉低声交换意见。

这么一大早，两个人已经商议完毕，谈的是什么？

王子觉穿着柔软舒适的家居衣服，骤然看上去，已与常人无异。平律师走了，他抬起头，看到恕之，朝她招手。

他到楼上看她。"早。"

恕之双手抱着膝头，啊，这正是她的梦想，在熟悉的床上睡到自动醒转，一张眼就是疼爱她的丈夫那笑脸。

恕之双臂拥抱王子觉，把头靠在他胸前。

子觉轻轻说："我请平律师来改一次遗嘱，前一份我把产业赠予慈善机构，现在已有妻室，你才是继承人。"

兄妹的愿望达到了，王氏的财产，终于转到深恕之名下。

"即使我有不测，你以后的生活也有保障。"

恕之看着他说："王子觉，你的生命会比我们任何一个长久。"

子觉哈哈笑起来。

这时仆人上来通报，她站在门外说："一位东部来的伍先生在门外要求见你。"

王子觉诧异："我不认识姓伍的人。"

"他说有要紧事，非要与你说话不可。"

"你请他在会客室小候。"

王子觉没有发觉恕之脸色骤变，他下楼去见客。

姓伍的是一个中年人，相貌不差，谈吐斯文，他一见王子觉便说："王先生，你可认识照片里的人？"

王子觉接过照片，仔细看过，他摇头："没见过。"

伍君说："我认识她的时候，她叫周小曼，她的兄弟，叫周小壮。"

王子觉抬起头来，轻轻说："这是你的私事。"

"他俩自称兄妹，其实是一对情侣，四处行骗。"

王子觉不出声。

"王先生，我想问你一个私人问题，你与王太太，在何处认识?"

王子觉忽然这样答:"我们是大学同学,我读工商,她读经济。"

那姓伍的生意人露出失望的样子。"对不起,打扰了,府上前管家跟我一个朋友说起,她仿佛见过周小曼在王宅出现。"

王子觉说:"一定是误会。"

"我太冒昧了。"

王子觉把他送到门口。

他们的谈话,恕之在角落,全部听到。

恕之鼻子发酸,她从未想到,王子觉会这样保护她,他甚至没问原因:"伍君,那周小曼到底骗取你什么?"

恕之记得很清楚,他们把伍君的信用卡盗走,把他存款全部兑出,那不是一笔小数目。

那一年,她十九岁。

她一声不响走进厨房斟咖啡喝,一边问丈夫:"谁?"

王子觉回答:"一个地产经纪。"

恕之说:"子觉,让我们离开松鼠镇,这里有太多不愉快记忆。"

王子觉沉吟:"你说得对,你想搬到东部还是西部?"

"去西岸，那里阳光充沛。"

王子觉微笑："住公寓还是独立屋？"

"小小一间屋子即可。"

王子觉说："我立即叫人去办。"

"子觉，你救了我。"

他轻轻揉她双肩："你怎么把话反转来说。"

忍之不肯走，她可以走，把松鼠镇留给他好了。

王子觉立刻联络房屋经纪在西岸找房子。

他愉快地说："本来到乡镇来是为着静静地走完最后一程，现在有机会康复，又开始眷恋都会生活。"

他们两人同样没有杂物，一个曾经重病，身外物早已抛开，另一个是流浪儿，身无长物，两人十分投契。

傍晚，他俩看着夕阳下山，恕之忽然说："那个姓伍的人……"

可是王子觉诧异地反问："谁？谁姓伍？恕之，这世界只得你同我。"

恕之完全明白了，她紧紧握住丈夫的手。

她下意识觉得这样的好日子不会长久，但是，她只希望能再多过几日。

两天之后，深夜，王宅大门外一阵骚乱。

恕之从不沉睡，她第一个跳起来。

仆人纷纷走到门口，王子觉手握长枪，站在门内。

门外有人叫嚣："欠债还钱，开门！"

从窗口他们看见两名大汉把一个人自货车抬下，摔到门前，他们用脚踏住那人的头与胸。

那人已经满脸鲜血，奄奄一息。

恕之飞扑下楼，要打开大门。

仆人拦阻："太太，我们还是通知警长吧。"

恕之大叫："不可。"

她打开大门，奔出去，不顾一切伏在那伤者身上。

打人的大汉呆住，只得后退。

王子觉用长枪瞄准那两人。

大汉吼叫："这人欠我们赌场八千多元，想偷偷溜走，被我们抓住，说出这个地址，要人，付赎金。"

王子觉对男仆说："书桌第三格抽屉，快！"

恕之整个人伏在忍之身上，拼命抱住保护他。

这时男仆奔出来，把一沓钞票交到大汉手中。

他俩点过数目，刚想走，王子觉喝道："慢着，无礼须付出代价。"

他朝他们脚底开枪射击，两人跳起来，接着立刻转身奔上货车，飞快驶走。

仆人扶起恕之，她一身是鲜血，一声不响，紧紧托起兄弟身躯，与仆人一起把他扶进屋内。

王子觉放下枪："叫医生，快。"

镇上医生迅速赶到，诊治过说："肋骨与鼻骨折断，须入院诊治。"

王子觉点点头："请给他最好治疗。"

"我亲自送他进医院。"

恕之要跟着去，医生说："王太太，你或许要更衣。"

恕之一身是血，她呆若木鸡。

医生载走伤者，天色渐渐亮了。

恕之知道好日子已经结束，忽然她嘴角带笑。

她淋浴洗净身上血污，驾车到医院去看忍之。

他已经苏醒，眉角嘴角均有缝针，鼻梁上贴着膏布，看到恕之，忽然哧哧夜鸮般笑起来。

他指着她："现在，是我同你像骷髅。"

恕之本来可以任由他去，但是，她也离不开他。

"王子觉没有来？我们终于能够单独谈话，上次我们说到哪里……对，讲到贞嫂忽然失踪。你猜，她下落？"

恕之不出声。

"啧啧啧，你看，小曼，有什么是我不为你做的。"

恕之打一个冷战。

他的声音嘶哑："我们用过多少假名？慎重、志刚、以恒、伟琪、敬业……都是平凡人的好名字，尤其是世中与益俊，还有慧蕾与励泰。我与你都渴望做普通人，这个愿望眼看可以达成，可是你又救活王子觉，这不是同自己作对？

他越说越激动，声响惊动看护，推门进来看视。

看护替病人注射，并且对访客说："你让他休息吧，改天再来。"

恕之点点头，看护出去了，恕之原本想走，忽然落泪，她伏在忍之胸前。

忍之渐渐平复，他喃喃说："我不会走，你也不会走。"

恕之动也不动。

王子觉到医院探访，一推开病房门，便看到恕之伏在兄弟身上紧紧拥抱。

他呆住，两兄妹似睡着了，秀美面孔十分祥和，可是又憔悴不堪，像需要修整的人形玩偶。

王子觉叫看护："请把她唤醒。"

看护这才发觉访客并没有离开，立刻进去推醒她。

"这位小姐，请让病人休息。"

恕之醒转，双目红肿，看到王子觉，一言不发跟着丈夫
回家。

王子觉说："医生说他伤势不轻，可是会完全康复。"

恕之不出声。

"你要一直照顾他？"

恕之低声说："他也保护我。"

子觉微笑："他是你兄弟，你不觉他重。"

"你可嫌他？"

"并不，可是为着他自身着想，还是改过的好。"

"倘若他改不过来呢？"

"他仍然是我们的兄弟。"

恕之凄然微笑，粉红色肿眼，苍白面孔，看上去分外可怜。

她兄弟在医院里逗留了整整一个星期。

恕之回到王家客舍，正好看到仆人收拾行李，分明主人
有远行。

他不说话，鼻梁有点歪曲的他比平日狰狞。

王子觉向他解释："我们到西岸小住。"

忍之讶异，他几乎不认得王子觉。他越来越健康，过去因化疗脱尽的头发差不多已经长齐，他斯文英俊，完全像个正常有为的年轻人。

他讲话很客气，声音永不提高，但是带着一定权威。

深恕之赋予王子觉新生命，他脱胎换骨，再世为人。

他对妻子的兄弟说："坐下。"

忍之却走到窗前。

"松鼠酒吧装修工程下月完成。"

忍之嗤之以鼻："谁要留在乡下？"

王子觉真好涵养，不怒反笑："你又想到城里？"

"你们到什么地方？"

王子觉说："到西岸暂时住酒店。"

"我忘记提醒你，恕之没有护照，她没有身份，无资格申请文件。"

"现在她有身份了。"

忍之讶异："是，她给你生命，你给她身份，你俩补充双方不足。"

王子觉笑答："我俩不再空虚。"

"真得祝福你们。"

"恕之你应替我们高兴。"

忍之转身离去，在门外与恕之擦身而过，不瞅不睬。

王子觉问恕之："究竟是什么事让相爱相亲的兄妹变成这样？"

恕之这样答："我们照原定计划离开松鼠镇吧。"

第二天一早，正要出门往飞机场，一辆警车停在门口，警长神色紧张地要求与王子觉说话。

恕之静静站在暗角注视情况。

她出乎意料地镇定，双臂抱胸前，像是保护自己。

王子觉听到消息像是震惊，他沉吟片刻，对警长说："她是我前雇员，我愿负责她身后事。"

警长问："你要出远门？"

王子觉答："我们可以延迟出门。"

"那么，请跟我们到派出所。"

恕之踏前一步，警长看到了她，叫她"王太太"。

警长苦笑说："我在松鼠镇任期已进入二十年，还是第一次处理这种案件。"

恕之问："什么事？"

王子觉答："他们发现了贞嫂。"

恕之觉得她自腮边一直麻痹到背脊。

警长补充："天气回暖，孩子们到迷失湖畔玩耍，看到……松山已经离开松鼠镇，一时无法联络，故此来到王宅。"

王子觉说："我出去一下，恕之，旅程押后数日。"

他匆匆出门。

另外一个人自角落轻轻走近。

"放心，不关你事，最多抓我。"

恕之转过头来，看到忍之。

"现在你走不成了。"她兄弟哈哈笑起来。

恕之过去，捆打他面孔。

他退后一步。"贞嫂起了疑心，她联络特警，前来查案，威胁勒索，要揭穿我们身份。"

恕之声音震颤："这是杀人的理由？"

忍之摇头："无论此刻你怎么看我，你应比谁都清楚，我不是杀人材料。"

"镇上只有你与我是外人。"

"你与我，不再是'我们'了。"

"我与你是头号疑犯。"

"不不，你是王太太，王子觉会尽一切力量担保你。"

"忍之，你得立刻离开松鼠镇。"

"去何处？"

"世界那么大，到任何地方躲一下。"

这时仆人捧着花瓶经过会客室，他俩立刻噤声。

过一会儿忍之忽然说："我俩一起走。"

恕之恐惧地掩着胸口。"不，我再也走不动，我不想在车厢过夜，借油站厕所洗脸，我已决定脱离流亡生涯，我不会走回头路。"

她奔到书房，拉开抽屉，把王子觉的现款取出，交给忍之，又把手表等贵重首饰塞到他手上。

"走，你走吧。"

忍之面色骤变，低头不语。

"忍之，我不再爱你，我俩再也做不成拍档伙伴，请原谅我。"

忍之退后一步，他双眼转红："终于由你亲口说出来。"

"我想安顿，子觉给我安全感。"

忍之哧哧地笑："真没想到你会讲出这样的话来。"

"忍之，一个女人是一个女人。"

"王子觉并不是笨人。"

"所以我决定捐赠骨髓，这是我千载难逢的机会。"

忍之呆呆看着她。"是你的好机会……"

"子觉多多少少知道我的事，曾经有人追寻上门，出示照片，他只说不认识，忍之，我帮他一把，他帮我一把。"

忍之喃喃说："像我俩以前一样。"

恕之低下头。

"你想瞒他多久？"

恕之抬起头，凄凉地答："看他愿意被我瞒多久。"

"何必仰人鼻息，过这种尔虞我诈的日子。"

"日子久了，会有真心。"

"像你给我的真心？"

恕之见他咄咄逼人，丝毫没有愿意放过她的意思，知道谈判失败。

她说："我劝不动你。"

可是忍之也说："我也劝不转你，所有骗局只能瞒人一时，无可能一生一世，你别做梦，趁早走是正经。"

恕之踏近一步："你别管我，你离开松鼠镇，线索一断，大家都安全。"

忍之把现款与金饰放回桌上："要走，两人一起走。"

他转头走开。

恕之把钞票放回抽屉，她却拉错第二格，看到一把手枪。

王子觉从不把贵重物品上锁，连手枪在内。

恕之等了一个上午，丈夫终于自派出所回转。

恕之看着他："是贞嫂吗？"

王子觉点点头，他显然受到极大震荡，斟了一杯白兰地一饮而尽。

他轻轻说："法医估计她在水底有一段日子，近日才浮起，警长正设法寻找松山。"

"他是疑犯？"

"不，他是亲人。法医认为，贞嫂肺部并无积水，她落水之前后脑受重击已经死亡，而袭击她的人身形并不高大，那不是松山，他们怀疑是一个浪人。"

恕之目光呆滞。

"贞嫂是个好人，她实在无辜，倘若无法联络松山，由我负责善后。"

恕之不出声。

"据警长说，这是松鼠镇二十五年来第一宗凶杀案。"

恕之听见自己问："之前呢？"

"三十年前有一宗情杀案。"

"你有详情吗？"

"警长刚才唏嘘说起，是一个女仆与男主人的故事：他们本来相爱，可是男方移情别恋，竟决定与富家结婚，女仆走投无路，用刀刺杀男方。"

恕之战栗。

"她静静待捕，警察问她：'利刀刺入对方胸脯时感觉可怕吗？'她答：'像剖开南瓜一般，噗的一声而已。'"

恕之用双手掩胸，紧闭双眼。

王子觉笑了："对不起，吓着你了。"

"警方有何蛛丝马迹？"

"下了整季大雪，跟着又是大雨，警方一无所获。"

"鉴证科呢？"

"警方认为无须惊动城里总署的同事。"

恕之也斟了一杯白兰地缓缓喝下。

"你同松山夫妇有感情吧？"

恕之不出声，过一会儿她说："在孤儿院的日子像军训，每人占一张小床，一只箱子，一间大房十多张床，毫无隐私，什么都赤裸裸。半夜惊醒，总听见有人哭泣，有时，是我。"

王子觉恻然："忘记过去。"

"那是烙印呢。"

"也得忘记。"

"有些孩子还有远亲，假日，带一些糖果给他们，我也会分到一两颗，糖纸不舍得扔，抚平了，夹在书中做纪念。"

王子觉说："我在听。"

"我不记得详情了。十四岁那年，我们兄妹逃了出来，在社会下层打滚，那时，人们以为我们已有十八九岁，现在，他们又以为我俩只有十八九岁。"

"一定吃了很多苦。"

"遇到许多豺狼虎豹，子觉，我也曾经利刀伤人。"

王子觉震惊。

"寒夜，我们在教堂留宿，半夜，一个人压到我身上……"

王子觉握住妻子双手："不要再说下去，我都明白。"

"穷人不是人，贫女尤其贱。"恕之吁出一口气，"人人可以鱼肉，甚至用脚踏住你头向你撒尿。子觉，我们活在两个世界里。"

子觉微笑："我病了好几年，也吃过不少苦头，肉身败坏，躺手术床上，像一块腐肉。"

恕之无言，人生，不知为何如此多磨难。

子觉说："我俩好似在斗比凄惨。"

恕之忽然问："找得到松山吗？"

"警长同松山相熟，有他子女地址。"

他们的行程取消，那日早睡。

恕之一合上眼，就看见贞嫂笑吟吟问她："谷仓还暖和吗？"又说："你今日把冰箱、地板与台凳都洗净抹干，我先走一步。"

她醒转，比睡之前还累。

花园里的郁金香已经一排排长出来，很快就要绽放。

警长告诉王子觉："与松氏子女联络过，他们都说松山曾经在他们家住过一个多星期，因小故争吵，他离去不知所终。"

王子觉愕然。

警长也唏嘘："如今老人最好学习自立。"

"他身边的款项呢？"

"要找到他才能知道，先处理贞嫂的事吧。"

王子觉点点头。

他们夫妻穿着黑衣肃穆主持简单仪式，大量白色花束中，站着贞嫂一对哭泣的子女。

他俩并没有问及费用由什么人支付，事后匆匆赶回工作岗位。

他们始终没有联络到松山。

松山过些日子才出现。

他站在王宅大门前，不叫人，也不走开，仆人起疑通知王子觉。

王子觉匆匆自楼上下来，请松山进屋。

只见松山衣衫褴褛，像个流浪汉，平日强壮身形忽然佝偻。

他身上并无酒气，却神情呆滞，言语混乱。

他见到王子觉这样说："老板，我已通知特别刑警，你要小心，他们就要对付你。"

"谁要对付我？"

松山紧张地说："凶手，杀人凶手，谋财害命。"

王子觉立即吩咐仆人唤医生。

"我没有病。"松山双手乱摇。

"你手上脸颊都有伤痕，需要护理。"

松山忽然懊恼："我应当听阿贞劝告，子女对我们已无感情，向我说：'你有没有？有就拿出来。'我以为资助他们就可以留下来与他们和睦相处，可是隔了三天就示意我走。"

松山忽然哭泣。

医生到了，诊视松山。

松山问："好端端为什么要谋害我们？"

这时，站在楼梯角落旁听的恕之知道松山精神状况不稳，无须是医生，也知道松山受了刺激，语无伦次。

医生低声说了几句。

王子觉叹息，爱莫能助。

松山问："子女都不能信任，该怎么办呢？"

没有人可以回答他。

然后，松山又说："我知道阿贞是不会回来了，我俩在松鼠镇生活四十年，初到埗，只有几户华裔……"

他滔滔说起往事，像电脑故障，搭错线路，不适用的资料纷纷呈现。

松山被救护车带走。

制服人员在王宅大门前说："这个地址，已为警方熟悉。"

王子觉走进屋内，看到恕之静静坐在楼梯角落。

# 五

一个人必须有两个好友，
你的律师及你的医生。

她瘦了许多，面孔只一点点大，躲在梯角，像个十一二岁小孩。

　　他走到她身边坐下："可是替松山难过？"

　　恕之瑟缩一下，扯紧身上披肩。

　　"松山受了很大刺激。"

　　恕之问："钱还可以要回来吗？"

　　"肉包子打狗，哪里还有渣滓。"

　　"那么，他怎么办？"

　　"三十千米以外的狐狸市有一所疗养院，设施可打八十多分，许多老人都选择到那里度过晚年。"

　　恕之轻轻说："将来，我也去那里居住吗？"

　　"不。"王子觉握住妻子的手亲吻，"你住在家里，由我服侍你。"

恕之失笑:"假使届时我痴呆得叫不出你名字呢?"

"那也无奈,我仍然亲自服侍你饮食起居。"

恕之看着他:"那样我就放心,我肯定大家都会比你早走一步。"

"我以为只有上帝才知道这些时限。"

恕之用双臂搂住他肩膀,两人坐在梯角良久。仆人司空见惯,不以为奇,把茶点用银盘盛着放在他们身边让他们享用。

半晌,两人到园子散步,不知不觉又是一天。

晚上,恕之睡不好。

她做梦在横街窄巷窜跑,走投无路,遁入小巷,发现出路用铁丝网拦着,一道闸已经锁上。

她大惊,设法撬开铁门,逃到一个操场,原来就是她熟悉的孤儿院空地。所有孩子都在那里嬉戏,恕之大声叫忍之。

孩子们转过头来看着她,她惊醒。

她重重喘息。

从窗户看出去,可以见到客舍一角,忍之永远不熄灯,他仿佛已成为夜行动物,在黑暗中,眼睛会发出绿油油光芒。

恕之打一个冷战。

子觉就在邻室，他凌晨即起，同忍之刚刚相反，往往妻子未起床，他已处理妥许多重要事项。

这一天，平律师带来两名陌生客人，在书房商谈很久，仆人穿梭招待茶水，中午，主人留他们午膳。

仆人进休息室问："王先生问太太可要出席。"

恕之推辞："我在楼上吃一个三明治就够。"

身后有人说："我陪你。"

是忍之上楼来。

他坐在恕之身边。"我听到他们在书房谈出售庄园，看样子王子觉会离开松鼠镇。"

恕之看着他："你的耳朵最灵。"

忍之却没有动怒，他这样说："在孤儿院养成习惯，他们什么都不与孩子们商量，孤儿只得耳聪目明，才能保护自身，少吃点苦。"

"今日，政府已经取缔孤儿院。"

"寄养家庭岂非更坏，门一关，音信全无。"

恕之不出声，仆人捧来简单午餐，放下离去。

恕之问："你睡得可好？"

"我从未试过憩睡。"

恕之点头:"对我们来说,那是奢侈。"

"只有躲在母亲腋下的孩子才会放胆熟睡。"

恕之说:"醉酒是例外。"

仆人上来敲门:"王先生请太太见一见客人。"

恕之回话:"下次吧,下次早些通知我装扮。"

忍之诧异:"你这样一而再,再而三回绝他,他不会生气?他对你比我想象中更好。"

恕之不出声。

"所以你要先做王子觉救命恩人。"

恕之仍然不说话。

忍之走到露台,轻轻说:"王子觉终生服食抗排斥药物。"

恕之警惕,他又有什么主意。

果然,他说下去:"众所周知,与若干兴奋剂合用,心脏会无声无息停止运作。"

恕之低声说:"是吗,我让他把药全部分给你享用。"

忍之不怒反笑:"你打算与他过一辈子?"

"我没那样想过,过得一天是一天。"

"除出钱,他还能给你什么,什么是他有而我没有的呢?"

恕之答："你们两人都很爱惜我。"

"是有分别的吧。"忍之很讽刺。

"分别是，你无论如何不肯放过我，但是子觉，必要时他会悄然退出。"

"恕之，你把他估计过高。"

他话中有话，恕之凝视他。

"恕之，我没有对贞嫂动过手，倘若你也清白，你猜是谁对她采取行动？"

恕之变色，她脸色本来苍白，这时更似一张白纸。

"有人比我更不舍得离开你，恕之，他不容任何人把你带走，为着他自己设想，他必须保护你。"

恕之站起来："我不要听下去。"

"你从未对王子觉起疑？多么奇怪。"

"你挑拨得够了。"

恕之离开休息室，避到楼下。

她有点晕眩，到偏厅坐下喘息。

有人问她："你没有事吧，我斟杯热茶给你。"

她抬头，两人都意外，恕之看到一个陌生年轻人，想必是其中一个客人。

那陌生人看到她也一呆，他轻轻说："我们在什么地方见过。"

恕之想再次走避，已经来不及。

那年轻人兴奋说："对了，你叫小曼，我们在东部罂粟桌球室见过，你赢了我朋友小胖的跑车。"

这时，恕之反而镇定地微笑："我是王子觉的妻子，我不谙桌球，也从不下赌注，我想你认错人了，请问你是哪一位？"

那年轻人本来目不转睛盯牢恕之看，一听是王太太，忽然不好意思。

他立刻道歉："恕我冒昧，我一时看错。"

恕之保持微笑："没有关系，你一定对那位小姐印象深刻。"

"是。"年轻人答，"她是美女。"

而且手段高超，那次，他也输尽手上现款，还把父亲送的二十一岁生辰礼物那只金表也押上。

他又一次说："我看错了，家父好似叫我，我要走了。"

恕之说："有空来坐。"

年轻人不再逼视，笑笑出去与他父亲会合。

恕之脸上笑容立刻消失，她铁青着脸，疲态毕露，过去的人与事一个个、一件件追上来。

恕之记得那年轻人吗？并不，她很诧异他居然对她有印象，那是多年前的事了。

有一段时期他们兄妹常在校园附近出没，开头相当兴奋，因为学生们无知天真，很快倾其所有，稍后发觉他们零用其实有限，于是离开那一区。

那年轻人记性真好。

这时王子觉走进来，叫她一声，恕之整个人跳起，她这才发觉出了一身冷汗。

子觉说："看得出你身体不适。"

她央求："我们往西部度假吧。"

"行李就在门角，我们随时可以出发。"

子觉坐到她身边："我会把那些琐碎的家传小生意逐单出售，以后，自由自在过日子。"

恕之微笑，子觉总顺她意思。

"钱财够用就可以，请原谅我没有出息，毫无奢望，我此刻恢复健康，更加要珍惜每一分每一秒，非把时间全部浪费掉不可。"

他咧开嘴笑起来，高兴得像个孩子。

恕之把头轻轻靠在他肩膀上。

这时，王子觉告诉她："忍之也想到西部去看看。"

恕之吃惊："不，不要让他跟着我们。"

"恕之，就是你这种态度引起他不满。"

恕之意外："他同你诉苦？"

这时忍之走进会客室，他低头专心用一把尖利小刀削苹果，一声不响。

王子觉说："忍之可以帮我们看房子。"

恕之失望，她到西部去就是为着躲避忍之。

忍之削掉苹果皮，把苹果切下一小块送进嘴里，他缓缓说："子觉也同意，这是离开松鼠镇的时候了。"

王子觉很高兴："就我们三个人，到处游玩。忍之说，他对欧陆熟悉，有一次，他险些娶一个阿尔及尔女郎，恕之，你们在欧洲逗留过一段时间？"

恕之不出声。

忍之扮什么似什么，说什么像什么，他是天生的戏子与骗子。

她轻轻说："子觉，当心他把你带坏。"

王子觉握着妻子的手："我从前也很好动。"

"相信我。"恕之说，"离他越远越好。"

子觉笑："你们之间仍有误会，忍之已答允我，他不再酗酒滥赌。"

恕之答："好比黄鼠狼答应它不再偷吃鸡蛋。"

忍之一直不出声，吃完苹果，把小刀折好收起。

他这时说："我随时可以出发，子觉，如果恕之不去，我与你结伴。"

王子觉笑："恕之，我们三个人一起走，离开松鼠镇。"

恕之问："安医生与平律师呢？"

"他们根本不是乡镇的人，再说，他俩五月就要结婚，也许回东南亚发展。"

恕之又一个意外："啊，那多好。"

"我们另外有律师办事，你放心好了。"

恕之怔怔地看着王子觉与深忍之，她在世上只有这两个亲人，不知怎的，他俩此刻都像陌生人。

她要到这时才知道，刚才那两个客人，已经决定买下王氏这座庄园。

感觉上王子觉与深忍之有商有量，像对兄弟。

王子觉很有深意地再一次说："的确是离开松鼠镇的时候了。"

他好比讲：这里发生过什么事，我都知道。

恕之打了一个冷战。

出发那一天下午，她独自到狐狸市疗养院探访病人。

看护把她带到病人身边，她蹲下低声问："你知道我是谁吗？"

病人转过头来端详她，他正是松山，头发忽然全白，当然，他不会一夜白头，想必从前染发，现在已不用麻烦。

松山平静地看着她一会儿，同样轻轻答："我记得你，你是住在破车里的小乞丐。"

恕之不以为忤："你说得对，我便是她。"

"你从东部逃到松鼠镇，贫病交逼。"

恕之点点头。

"警方追缉你，是我收留了你。"

恕之微笑："仿佛只是昨天的事。"

松山摇手，忽然说："很久了，十多年了。"

忽然他想起什么："你把阿贞怎么样了？"

恕之答："请相信我，我不知道贞嫂的事。"

松山怔怔地问："不是你，是谁呢？"

看护过来说："今日有太阳，是他散步的时间。"

恕之问："子女可有来看他？"

看护摇头："这里百多名老人，都乏人探访，想到自己也有一日会衰老，十分气馁。"

听上去十分遥远，老年其实转瞬即至。

这时松山问看护："几时吃饭？"

"你一个多小时前才吃过午饭。"

"再给我吃一点，没什么好做，再吃一点。"

恕之静静离去。

回到庄园，看到警长与王子觉谈话。

警长在打官腔："多谢你对松鼠镇的建设。"

子觉谦逊："不敢当，你过誉了。"

"有事我们该同什么人联络？"

"请知会祝律师，这是他名片。"

"祝你们顺风。"

看到恕之，警长脱下帽子招呼又戴上："王太太，有时间来探访我们。"

这时他接到一项通报："小溪路四十号发生凶案，请即来。"

警长喃喃说："今年是什么多事年。"

他对王子觉说："户主他杀自杀，与妻子双双殒命，我得赶去。"

这小镇警长，也很有点本事，并非想象中那么呆憨。

恕之心中，清晰知道，没人是省油的灯。

这下子警长是有的忙了。

王子觉说："小溪路四十号户主是轩斯夫妇，他们有两名幼儿，怎么会发生那样惨剧？"

司机已经把车驶近，仆人将行李搬上车。

他们已收到丰富的遣散费，对老板毕恭毕敬。

深忍之最后上车，把绒线帽拉得老低遮住双眼，一上车就打盹，半句话不说。

车子经过小溪路口，他们看到警车云集，救护人员把担架抬出，警员挥手叫司机快速驶过。

王子觉说："小镇并不平静。"

他们乘飞机往西部。

一路上王子觉握住妻子的手不愿放开，忍之冷冷看了几眼，自顾自与侍应生调笑。

下了飞机有司机来接，原来公寓已经准备妥当，在市郊一幢共管大厦顶楼，仆人来应门，把行李取进屋。

忍之这时才懒洋洋问："我住哪里？"

王子觉答："楼下一层，有楼梯可通，但是你拥有独立大门进出。"

竟安排得那样妥当，恕之四处参观，十分高兴，像个小女孩般跑上跑下。

在露台可以看到整个市容及远处蔚蓝色的太平洋。

"暂时住这里。"

忍之忽然问："公寓写谁的名字？"

恕之还来不及阻止，王子觉已经回答："我的妻子深恕之。"

忍之又说："恕之真叫人艳羡，结一次婚，什么都有了。"

子觉又抢先笑答："我最幸运，恕之救我命。"

忍之凝视他们："是，你俩息息相关。"

子觉斟出香槟："祝新的开始。"

忍之却问："本市红灯区在什么地方？"

子觉微笑："忍之，我怎么会知道，你问计程车司机不就行了。"

"子觉，我们一起去参观酒吧，如果喜欢，你投资，我做你伙计。"

他转向妹妹："恕之，你也来。"

恕之浑身僵住，忍之分明暗示她也曾是红灯区熟客。

子觉说："我没有兴趣，我只想早点休息。"

忍之笑："我一个人出去走。"

子觉劝他："你小心一点，大城罪恶。"

恕之忽然披上外套："子觉，我们陪他逛逛，二十分钟即返。"

子觉只得奉陪。

他们三人由计程车司机载往市中心东区，车子才接近仿佛已嗅到特殊气息。十字马路向北是一座教堂，南位是警署，西位是公园，东部有几幢工厂大厦改建成各种娱乐场所：电影院、酒吧、舞厅……半裸年轻女子艳妆站门外招揽，她们身后伴着高大强健的保镖，那样大块头却靠女人赚钱。

霓虹灯管拼出各种图案，闪烁变化，男人像扑火飞蛾，纷纷围拢，造就热闹的夜市。

忍之看了看说："毫无新意。"

子觉轻轻说："色情事业，万变不离其宗。"

恕之说："我们走吧。"

一个年轻女子窜出来拉住忍之："进来，进来喝一杯。"

恕之忽然动怒，她伸双臂推开那半裸女子："滚开！"

那女子穿着细跟拖鞋，站不稳，退后几步，险些摔在地上。

一个彪形大汉立即出现拦路："喂喂喂，小心小心，你是人，她也是人。"

子觉连忙往大汉手里塞钞票："抱歉抱歉。"

立刻把他们兄妹扯离现场，拉上计程车。

到了家门子觉诧异说："王太太生好大气。"

忍之讽刺："把手洗一洗，那些女人多肮脏，你当心染到细菌。"

恕之用手掩脸，走进卧室，第二天才出来。

与乡村不一样，都会一早已有烟霞及市声。

车声隐隐隆隆，间歇还有飞机引擎声。恕之站在露台，有点不习惯，她拉紧衣襟。

这时，在阳光下，恕之看到她毫无血色的双手，青筋毕露，而且，指甲发黑。

她有点惊惕，可是相熟的安医生不在身边。

王子觉叫她："起来了？"

恕之仍觉得疲倦，她揉揉面孔。

她问："忍之呢？"

子觉微笑："前日要把他丢下，今日又念念不忘他，这是什么缘故？"

恕之不出声。

"大家都长大了，你别管他太多。"

恕之答："索性看不到他，什么也不用管。"

王子觉捧起妻子的面孔，不说话，只是微笑。

仆人拿早餐进来。

在收拾寝室的也是新仆人，全部生面孔，叫恕之放心。她不喜熟人，最会害人的，全是熟客，不是生人，生人不知如何下手。

稍后，恕之陪着王子觉出去见律师与医生。

子觉笑着同妻子说："家父生前叮嘱我，一个人必须有两个好友，你的律师及你的医生。"

新医生与律师都年轻得出乎意料。

恕之在一些文件上签署，她不发一言，律师向她解释，她听不进去，耳边嗡嗡响。

子觉在医务所，怕妻子闷，叫司机陪太太购物。

恕之却命司机驶回家。

她一边脱外套一边叫："忍之，忍之。"

一直找到楼下，看到忍之正窝在大红色沙发里喝咖啡。

他抬起头微笑："这么快回来了。"

恕之闻到空气中有一股淡逸愉快的茉莉花香，她即时醒觉：公寓里还有一个人。

她不动声色，轻轻坐下。

那人还没有走，茶几上有两只咖啡杯。

恕之说："叫她出来吧。"

忍之笑嘻，抬起头，扬声说："叫你出来呢。"

书房门一开，一个少女满面笑容翩然露面。

恕之一看，心一直沉到底，头上似被人浇了一盘冰水。

那少女鹅蛋脸大眼睛，头发梳一条马尾巴，身穿矜贵淡黄色套装薄毛衣，下身一条三个骨裤，平底鞋。

她戴一副小小珍珠耳环，淡淡化妆，既雅致又漂亮，且不落俗套。

一看就知道出身好兼有学识，叫恕之自惭形秽。

她走到恕之面前，笑着说："一定是恕之姐姐，姐夫还没回来吗？"

恕之呆呆看着她，这少女反客为主。

这时忍之把一杯咖啡递给恕之："我来介绍，这是我朋友关家宝，在大学念建筑第二年。"

他幸灾乐祸地看着恕之。

恕之轻轻说声"你好"，她喝口咖啡定定神，然后问："你一个人在这里读书？"

"家母不放心，陪着我一起来，照顾饮食起居。"

被宠惯的孩子都浓眉大眼面无惧色一脸阳光。

只见关家宝笑容灿烂天真地说："刚才忍之叫我躲起来给姐姐一个惊喜。"

口口声声姐姐。"你多大年纪？"恕之不甘心。

"我十九岁生日刚过。"

的确有资格叫姐姐，恕之不出声。

她又问："你们在什么地方认识？"

"今日在图书馆。"

"你跟他回家？"恕之意外，"你不怕危险？"

"忍之与我都是德威大学学生，不必顾忌。"

恕之忍不住哈哈大笑："他是大学生？他给你看学生证？"

关家宝点头："忍之在儿童心理系。"

恕之揶揄："怪不得你们谈得来。"

忍之这时说："小宝，我送你回家。"

"晚上接我出来看戏。"

"七时准到你家。"

关家宝握住他的手，双双出门。

剩下恕之一个人呆呆坐在红沙发上。

半晌她听见王子觉叫她："你在家吗？"

恕之忽然苦闷，她扬声："傍晚可有飞机往巴黎？"

子觉诧异："我看看酒店可有房间。"

恕之又厌倦说："不去了，我们乘邮轮吧。"

子觉笑："究竟想去何处？"

她又转变口气："为什么对我这样好？"

"你是我妻子。"

恕之低头叹口气，稍后她问："医生怎么说？"

"情况稳定，定期检查。"

这可能是唯一的好消息。

稍后王子觉对恕之说："我问过了，明天起程的巴拿马运河邮轮尚有空位，可有兴趣？运河连接南北美洲，很有意思。"

恕之摇摇头。

子觉温和地说："我走出了小天地，你怎么好似被困小世界？"

恕之答："很多时候，我不愿离开屋子，外边多豺狼虎
豹，吃了我们，到头来是我们不小心，活该，家里多安全。"

"有我保护你。"

恕之笑，她握着王子觉双手："那你记住处处看护我。"

忍之回来换衣服，他身上有茉莉香氛。

恕之绕着双手："儿童心理系学生？"

忍之反问："新的开始，不是你最希望的事？"

"你仍在行骗。"

"那是我俩天性，你不能叫我停止呼吸。"

恕之抢过他外套，他耸耸肩，穿上另一件，头也不回地
出门。

恕之发觉她手心全是冷汗。

王子觉在书房看书，恕之有点羡慕，爱书的人最幸福，
一书在手，其乐无穷，无论在屋里、车上、咖啡店……却可
以进入另一天地。

恕之走到子觉身后，无意抬起头，看到一面镜子里去。

恕之看到她脸色灰败，身形瘦削，即使在环境最差的时
候，她看上去都不至如此苍白憔悴，她吓一跳，退后两步。

恕之对自己的容貌一向有信心，这十余年，她的大半生，都靠精致五官生存，陌生男女对她即时产生好感，都因为她长得楚楚可人。

今日镜中的人叫她害怕，相反，王子觉安详垂头阅读，气色一日比一日好，深恕之的精血像是叫王子觉吸尽。他不再是一个病人。

恕之用手掩住脸，悄悄退回房间。

手术后她逐渐枯萎，他欣欣向荣。

深恕之像是受到诅咒。

她靠在沙发上，忽然剧咳，恕之用手掩嘴，气喘，闭上双目。

恕之忽然看到一座教堂，啊，有人举行婚礼。

她推开教堂门走进去，染色玻璃窗下全是白色鲜花，宾客笑脸盈盈，牧师正主持婚礼，一对新人站在礼坛前面。

恕之走到前排坐下，看仔细了，大吃一惊。

新郎是忍之，穿着礼服的他好不英俊，新娘正是关家宝，他俩拥吻。

恕之瞪大双眼，握紧拳头。

她身边一个女客问："小姐你是男方还是女方亲友？"

恕之没有回答。

客人说："男家没有亲人，他妹妹与妹夫上月因病辞世。"

恕之嚯一声站起："我正是他妹妹。"

有人拉她："坐下，别吵。"

恕之转身，拉住她的人却是贞嫂。

她遍体生寒："贞嫂，你怎么在这里？"

贞嫂笑笑答："与你一样，来观礼呀。"

恕之轻轻说："你已经不在人世。"

贞嫂像是听到最滑稽的事一般，她笑说："恕之，你也是，你也是。"

恕之狂奔出教堂，摔在地上。

慌忙间好像有人扶起她。

她睁大双眼，看到子觉站在床前，她惊呼："子觉，救我。"

王子觉替她擦汗："不怕不怕，医生快来。"

恕之知道她做了噩梦，她喝一口子觉喂她的热茶，以往她时时这样照顾他，没想到今日身份会对调。

医生上门来替恕之诊治，微笑地告诉他们不妨，她不过是风寒发烧，休息几日便没事。

恕之听见子觉不放心地说："她咳嗽有血。"

医生说："喉咙干燥的缘故，室内放一只喷雾器好了，我会替她做化验。"

子觉仍不放心。

医生说："你如果觉得有必要，可进医院做详细检查。"

"待我问过她本人。"

未待子觉开口，恕之已经摇头。

医生说："王太太仿佛有点忧郁。"

"她有心事。"

"那么，我推荐心理医生。"

恕之又一直摇头摆手。

那医生微笑："我开几种药物给她试试。"

王子觉说："最近她体重锐减。"

"女士们刻意纤体，越瘦越好，有时稍微过分。"

王子觉送医生出门。

恕之又咳嗽起来，她注意雪白纸巾，却没有血丝，她略为放心。

子觉回到她身边："你有心事，可以对我说。"

"我一合眼便做噩梦。"

"那是因为心神不宁，喝些红酒再睡，会有益处。"

恕之苦笑："我做的亏心事太多，不管用。"

"许多做尽坏事的人每晚睡得不知多香。"

恕之想到忍之，从未听过他有失眠毛病。

子觉告诉恕之一个故事。"二战末期，美国派出战机伊诺拉姬号[1]到广岛扔下原子弹，数十年后，记者问当日飞机驾驶员可有辗转反侧，该名军人答：'我每天憩睡如婴儿。'"

恕之发呆。

服药后她沉沉睡熟，梦中黑影乱舞，但是不再有不想见的人出现。

半夜醒来，听见有轻悄的华尔兹圆舞音乐，谁，谁在跳舞？

恕之起来，她发觉乐声从楼下传来，忍之几时开始听音乐？奇怪。

她在楼梯看下去，只见关家宝在教忍之跳舞。

她穿着极薄的湖水绿软缎晚服，专心教忍之步法。"一二三，跟着我，二二三。"

那湖水绿色裙裾长度不一样，好像一束花瓣，那式样与恕之梦中所见婚纱一模一样。

---

[1] 伊诺拉姬号，即"伊诺拉·盖伊"号。

恕之紧紧握住楼梯扶手。

有人用手搭住她肩膀，她转过头去，那是王子觉，他微笑："忍之有女友。"

恕之不出声。

"他若有固定女友，心思就会定下，让这位小姐代为管束他好了。"

恕之问丈夫："你会跳华尔兹吗？"

"学过几次，跳得不好，没想到忍之不会社交舞。"

"孤儿院里哪儿有社交。"

她站起来，子觉叫她吃粥，恕之毫无胃口。

"恐怕是水土不服，要是真不喜欢市区，我们可以搬到山上。"

恕之又摇头。

她专心看忍之跳舞。

他女伴关家宝是高手，体态轻盈，舞姿曼妙，在最出人意表的时候踢起裙裾，煞是好看。

忍之像是着迷，他努力讨好女伴，额角跳出汗，衬衫背脊洇湿一大片，毫不介意。

子觉拉一拉妻子。

恕之默不作声，回到自己的地域。

书房里抽屉半掩，恕之又看到一把点二八口径的巴列泰手枪，她顺手取起称一称，有点坠手。子觉看到，过来把手枪轻轻自她手中取过，放回抽屉，然后收拾桌面上的文件。

恕之回到寝室，楼下音乐到天亮未停。

清晨，恕之身边似还有碎碎乐声，她淋浴，哗。水声中还有钢琴声，她知道是幻觉。

恕之更衣到楼下看视，人去楼空，一地香槟瓶子，仆人正在收拾，她把一条凯斯咪披肩折好搭在红沙发背上。

恕之问："他们几时出门？"

仆人摇摇头："王太太，我没看见。"

恕之等到十点多，忍之才回来，一路打哈欠，然后脸朝下，摔进沙发里。

恕之讽刺他："累得你，晚上做贼了？"

他揉揉眼睛："家宝还要上一整天的课，真厉害。"

"别忘记你也是学生。"

"她与母亲住在山上一间大屋，邀我下午去喝茶。"

恕之语气越来越酸涩："母亲多大年纪，是否风韵犹存？"

忍之脱去鞋子："你还不去侍候王子觉，他好像要去银行。"

子觉这时叫："恕之，恕之。"

恕之问兄弟："下午有什么节目？"

忍之把她推上楼梯。

恕之对丈夫说："查一查那个关家宝的来历。"

子觉只是笑。

"我是认真的。"

子觉劝说："忍之时时换女伴，哪里查得了那么多。"

"那女子很有一手。"

"所有女性都懂得取悦异性，这是天性。"

恕之陪王子觉到银行，他给她保险箱钥匙，加上签名。

箱子里有证券、现款及贵重金属。

他陪她用下午茶，天气回暖，年轻男女早已换上无袖薄衫，在大厅肆无忌惮拥抱接吻。

恕之有点羡慕，她一向挂着逃命，欠缺这种无牵无挂的闲情逸致，这一刹那她忽然倾身向前，吻王子觉脸颊。

她丈夫错愕，本能伸手臂挡开她，轻轻说："人多。"

恕之只得坐下。

整个下午她不出声。

# 六

像从前那样，
世界只剩他们二人，
他只信她，
她也只信他。

忍之把女友带回家来，看到恕之，大声说："我与家宝决定订婚。"

他们四条手臂紧紧相拥，关家宝笑得双眼眯成一条线，十分可爱，像一只小动物。

恕之却笑不出来，她瞪着忍之。

家宝笑："我会设法说服家母。"

整件事是那样不可思议，恕之对她兄弟说："我有话同你讲。"

忍之却说："有什么话在家宝面前说好了，我什么都不瞒她。"

恕之像是听到全世界最好笑的话般凄凉地笑出声来。

这时仆人进房说："王太太，医生有急电找你。"

恕之转身走回楼上，拿着电话很久才喂一声。

"王太太。"医生声音十分沉重，"请你即时独自到医务所来一次。"

"有什么事，不能现在讲？"

"请你不要知会任何人，立刻到医务所来。"

恕之说："可是我有病？"她一颗心沉下去。

"我们面谈，记住，不要告诉任何人。"

恕之到达医务所，看护一看到她便去叫医生。

医生取出一沓报告，请她坐下。

"王太太，我要求与你单独会面，是因为我怀疑你身边有人向你慢性下毒。"

恕之睁大双眼，一时说不出话来。

医生出示图表。"我循例化验你的唾液、血液，发现含有微量砒毒，毒素积贮到一个地步，心肌麻痹停顿，像心脏病一般。"

恕之呆呆地看着图表上的曲线。

"王太太，我建议你通知警方，迅速调查。"

这时看护进来说："王先生找王太太。"

医生轻轻说："虽由王先生主动叫我诊治你，王太太，我想这件事你还是暂时守秘，我需替你注射解药。"

恕之抬起头来。

有人要置她于死地。

看护帮她注射。

医生说："王太太，小心饮食。"

王子觉这时已推门进来："医生，有事为什么不通知我？"

这时恕之忽然笑吟吟站起来："医生怀疑我有孕，可惜他高兴得太早了一点。"

王子觉松一口气："以后到医务所由我陪着你。"

医生讶异这年轻的王太太戏真情假，他维持缄默。医生与病人之间有保密条款，他不宜多话，他的责任已尽。

恕之回到家中，渐渐，她镇定下来。仆人送茶点进来，她看着水壶红茶不出声，斟少许在杯子里，倒清，把杯子放入塑胶袋里，准备去化验。

她摆出另一副面目来，自小训练，情况越是危急，她越是镇定。恕之亲自到厨房取水喝，先把水杯仔细洗净，直接由水龙头盛水。

她把酒瓶收起，吃饭的时候，看着王子觉喝汤吃菜，她转动筷子，并不夹菜。

恕之内心悲怆，如果不是子觉，那只有忍之。

他做了咖啡，往往给她一杯，斟酒之际，也忘不了她。

深恕之承继了王子觉的产业，假使他们两个都不存在了，深忍之就是最终继承人。

一个都不留。

恕之走到楼下，收集证物。

她全部送到化验所。

工作人员问："请问追查什么痕迹？"

"砒。"

"砒霜？"

恕之黯然点头。

隔一日，恕之去取化验结果。

负责人员这样说："你带来六件样品，全部无毒。这位小姐，如果你有所怀疑，最好通知警方由鉴证科人检验。"

不，她无论如何不可与警方联络，可是嘴里却说："多谢你的忠告。"

恕之到处寻找可疑之物，连床褥底下都细细寻遍，每一寸不放过，并无发现。

她看到忍之房内有一只棕色名贵女装过夜袋，想是关家宝留下，这女孩手边用品都尽其名贵能事。

恕之轻轻拉开袋子，里边有一套粉红色运动衣裤与一双球鞋。

恕之并不在意，她要找的是小瓶粉末或液体。

球鞋有点残旧，与关家宝其他所有簇新名贵配件不符。

恕之取过鞋子，看到内里印着英文字母"关"，以及一个编号。

莫非关家宝是什么运动会会员。

恕之用手提电话拍摄球鞋式样及号码。

恕之到街上小食店进食，年轻的女侍应走近来写单子，她头发油腻，脸容疲倦，手指节红肿粗糙，就像不久之前的深恕之。

下午，客人散去，她还得清洗油槽，那是炉子下一条不锈钢制造，积聚煎炸油渣的槽渠，四英尺[1]长一英尺深，气味像死猪。

侍应取来食物，恕之已失去胃口，她付了丰富小费。

她到附近一家体育用品公司，找到售货员，出示球鞋

---

[1] 英尺：英美制长度单位，1 英尺等于 12 英寸，合 0.3048 米，0.9144 市尺。旧也作呎。

图样。

年轻售货员"咦"一声:"你怎么会有这双鞋子?"

恕之问:"这双球鞋有什么特别?"

售货员有点兴奋:"敝店刚订了一百双这款限额产品,这种球鞋由本市警队设计订制给特种部队操练时用,效果超卓,故此厂家灵机一动,打算大量制造,盈利百分之五拨作警队慈善基金……"

恕之只看到售货员嘴唇不住郁动。

只有几组字眼在她耳边回响:警方……特种部队……

她轻轻问:"街上尚未有售?"

"我们铁定下月一号推出一百双,不接受预订,先到先得。"

恕之指一指球鞋内侧号码:"这编号代表什么?"

店员得意扬扬:"看到 2LT 字样没有?这是少尉的缩写,这双球鞋的主人在警队身份不低,她穿七号鞋,是个女子,鞋子上有青草渍,证明她喜欢跑步。唏,本人堪称福尔摩斯再世呢。"

售货员非常聪敏健谈。

深恕之低声说:"谢谢你,现在我知道她是谁了。"

"她姓名缩写在这里，TK，姓什么，关？"

恕之指一指："给我两双七号这种气垫鞋。"

售货员高高兴兴把鞋子包起来递给客人。

恕之借他们店里电话，找到答案。

百密一疏。

这时恕之已不介意有人要毒杀她，她因此发现了关家宝真正身份。

没想到世上有人演技那么完美，关家宝活脱脱像一个娇纵天真活泼的富家女。

原来她是前来卧底的关少尉。

实在太低估警方的能力了。

他们一直没有放弃追踪深氏兄妹，对疑犯行踪了如指掌，此刻，还添上一宗命案，特警派出卧底人员。

恕之的胸膛被掏空一般。

愚昧的深忍之，他躁急要应付恕之，鲁莽下忘却外敌。

多么可笑，他在大学图书馆自称儿童心理系学生，认识了建筑系的关家宝，两人都是假身份，加上虚情假意，居然就要订婚。

恕之哧一声笑出来。

她带着干粮及矿泉水回家，再想在行李袋里寻找蛛丝马迹，那只袋已经不见。

关家宝已经发觉她的大意。

恕之知道设法确定关家宝身份会有困难，这次，她在屋内寻找窃听器。

她把屋内测烟器及洒水器全数拆下，查不到可疑物品，那就是说，联邦密探尚未出动。

王子觉问她："恕之，你怎么了？"

他拉着她坐下。

恕之想，如有窃听器，关家宝一定配在身上。

"恕之，你心神不定，心不在焉，到底为什么？"

深恕之与关家宝在什么地方？她跳起来打手提电话找他，可是他没有开启电话。

恕之冲口而出："现在走也许还来得及！"

王子觉奇问："你想回松鼠镇？"

恕之手心全是冷汗，她用毛巾缓缓擦干。

她的心扉已全部关闭，她若无其事站起来："我有关家宝的地址，我们去探访未来亲家？"

"不需要预先通知？得准备糖果礼品呀。"

　　恕之笑笑："不必多礼。"

　　她拉着王子觉出门。

　　子觉想劝说两句，终于踌躇，难得妻子高兴，陪她走一次何妨。

　　关家在山顶幽静地区，按铃，仆人笑说："太太小姐及深先生一起跑步去了。"

　　王子觉驾车慢驶在附近兜他们，忽然听见叮当音乐声，原来是一辆冰激凌车。

　　恕之要了一客巧克力双球，吃得津津有味，她忽然像是一点心事也没有，专心享受零食。

　　王子觉指一指前边："在那里。"

　　只见三个人从转角跑出来。

　　深忍之跑在最后，两母女不徐不疾，分明是久练之身，关家宝脚上穿的，正是那双市面还未有出售的特种球鞋。

　　她一边跑一边转身取笑男朋友。

　　深忍之发奋追上。

　　连王子觉都说："关太太十分年轻。"

　　恕之不出声，这时，他们三人也发觉路上有人向他们注视，关家宝眼尖，一下看到双憔悴大眼睛，她迎上去叫声

"姐姐"。

恕之冷冷地看着关少尉，做得真像，大抵她是警方主要扮演少女的人物。

关家宝介绍母亲给他们认识，关太太邀请两人回家用茶点，恕之答允。

关家装修是那种寻常的富丽堂皇，厨房没有油烟，不似时常举炊，女仆硕健孔武有力，想必也是警方伙计。屋里一定处处都有录映机关，最明显的是，大沙发脚上钉着一块小小铝片，庄生家具租售公司。

整间屋子暂时租用，这是一个局，可恨深忍之心甘情愿一脚踏进。

恕之一声不响，喝完茶便告辞。

母女送他们到门口，恕之才对兄弟说："我有话要对你讲，今晚早些回家。"

在车上王子觉说："与我们一样，关家人口简单，生活清静。"

恕之想一想："家中没有陈列生活照片。"

"这家人给我感觉良好。"

恕之这时轻轻说："男性是这样被动及愚蠢。"

"喂，你说什么？"

忍之微微笑，那天下午，她只说购物，却到银行，自保管箱中取出若干现钞，放在旅行袋里带回家。

傍晚，她做咖啡，递一杯给王子觉，他喝下不久，只说眼困，揉了揉双眼，走进卧室，倒床上，即时熟睡。

深忍之跟着回来，身边正是关家宝。

忍之走近，轻轻与关家宝说："由你送忍之回来？我有话想单独与忍之讲，请你先回去可好？给我们兄妹一点私人时间。"

忍之刚想反对，她女友已经笑着答应，开车离去。

忍之问："你有什么话说？"

忍之双臂抱在胸前："关伯母可有答应把女儿交给你？"

"她觉得家宝年纪尚小，待她毕业后再说。"

忍之轻轻说："你一点都看不出来？"

忍之不耐烦："你想说什么？"

"你以为承继了她们母女产业，就一生无忧？"

忍之问："只准你有取不尽的财帛？"

忍之继续说下去："你觉得关家宝是她真名，她只得十九岁，她们住在那间簇新屋子里，已有三年？"

忍之反问："我是一条光棍，她们还来谋我不成？"

恕之微微笑："好兄弟，你对关少尉说过些什么？"

电光石火之间，忍之明白了，种种蛛丝马迹，忽然聚合。

恕之说："她主动与你攀谈，交代身世，带你回家，会晤母亲，对你表示极端信心，可是这样？"

忍之脸上变色。

"这是我俩惯施特技，我们是兄妹，她们是母女，使人防不胜防，你怎么走进这种老圈套里去？"

深忍之这时涨红面孔："因为我想速速离开你们。"

恕之轻轻叹口气："现在，不得不再次上路。"

"恕之，我并没有对她透露什么。"

"可是你现在知道，警方已经追上。"

"你有什么证据？"他仍未死心，微弱抗议，"你破坏我们。"

恕之把她的发现告诉他："警方只有一名关少尉，我用街外电话打到警署总部找人，他们说她放假，关少尉原名关芷。"

"不一定是同一人。"

恕之忽然微笑："你可以亲自问她。"

他们坐下来，忽然不约而同，彼此背靠背，像从前那样，世界只剩他们二人，他只信她，她也只信他。

忍之喃喃说："走到南部，找一个小地方住下来。"

"没有地方比松鼠镇更小，原来不过想避一阵风头，却发生那么多事，你不该救活王子觉，有很多办法可以取得他信任。"

恕之微笑："像所有犯罪伙伴一样，火并之前，彼此埋怨。"

"我们都累了。"

"是呀，想到走，毛骨悚然。"

"下一站走向何处，墨西哥抑或泰国？"

"好主意，可是，先得弄两本护照，而且，还要解决一个问题。"

忍之看着她。

"你想毒杀我，为什么？"

忍之瞪着她："你说什么？"

"我们已经不再相爱，你恨我，所以要除掉我。"

忍之答："你至今尚未相信，贞嫂殒命与我无关，我要杀你，用这双手已经足够。"

恕之不出声。

恕之讪笑："我想过正常生活，那是妄想吗？"

"去收拾一下，我们一起走。"

"你终于愿意与我重新组合。"

恕之看着他："你有话要说？"

"从前，兄妹一起行事只有益处，今日，身份已经暴露，单独行动比较妥当。"

恕之凝视他："你要撇下我？"

"这难道不是你的愿望？"

恕之低头。

"我找人做两本护照，我俩分头消失。"

"我以为——"

"我们已认清对方真面目，再也不能恢复从前那样。相信你也明白，我们已经大了，分手也是时候。"

恕之把脸埋到膝头里。

"多谢你把关少尉身份告诉我，我会跟进调查。"

"小心。"

"子觉呢？"

"他熟睡。"

恕之回到房内，把现款放到一件小背心众多口袋里。很多人不知道，钞票是纸张，即使面额大，数目多了也像书本那般沉重，背心袋里似放了十本八本书。

恕之把背心放在枕头下便睡着。

这种要紧关头她最需要睡眠，绝对不能辗转反侧。

天亮，她蓦然睁开双眼，第一件事是想冲进松鼠咖啡开工。

她留恋那一段日子？当然不，但是生活印象已经烙到她脑海深处。

子觉已经醒来，在厨房吃早餐，看到恕之，他抱怨说："我一觉竟睡了十四小时。"

恕之问："可要看医生？"

"今天刚好是我复诊日子。"

"我在家等你。"

司机载子觉出去，恕之叫仆人放假，不到一会儿，忍之从外边回来，放下一本护照给恕之。

恕之打开，看到自己的照片及林妙如三个字，她微笑说："好名字。"

忍之把另外一张照片放桌子上，那是关家宝即关芷的军装照片，英姿飒爽，与他们所认识的爱娇模样判若两人。

"你从何处得来这张照片？"

"警方机密档案，我朋友的一个朋友，擅长击破密码，以后，我会找此人合作。"

恕之淡淡笑："还是老功夫人骗人可靠些。"

深忍之吸进一口气："我明天一早走。"

"行程可以告诉我吗？"

"不，林妙如，我俩离得越远越好，我早该走，我不应骚扰你那么久，毒杀了你，对我也没有好处。"

他驶出吉普车，加满油回来，并且注满两大只塑胶罐。他又准备干粮食水睡袋，流亡生活又要开始。

累了，他靠在车角休息，开一罐啤酒喝。这一切，恕之都看在眼内。惯于行骗的他忽然被骗，那天真娇美的女伴原来是警方少尉，他肯定吃惊。

抬起头，只见紫红色棘杜鹃开满一墙，像火烧一般灿烂，煞是好看。

他俩最喜欢南方火红色花朵，凤凰木、棘杜鹃、美人蕉……这时，却无心情欣赏。

恕之轻轻说："你打算走陆路，到偏僻小城，再上飞机。"

忍之不出声，站起来踢啤酒罐。他在孤儿院练成的好身手，踢得出神入化，左脚交右脚，膝头顶给头，又落在脚上……然后，他一声不响，回转屋内，进房休息。

司机折返，却不见王子觉，他说："王先生留院观察一宵，医生要做检查，我来替他取替换衣物。"

恕之觉得蹊跷，子觉出门之前并无提及，可见是意外，她说："我去看他。"

司机不便说好，当然也不能说不好。

他身边电话响起，他说："一定是王先生。"

果然，那是子觉，他声音有点疲倦，这样对妻子说："医院有一件仪器失效，明天才能完成检查程序，我睡一觉便可出院，你不用走动。"

"你安心休息。"

恕之从来没听过比自己更虚伪的声音。

她取出衣物交给司机。

要走的话，现在是最好的时候。恕之把假护照放进背心口袋，留恋地环视舒适的公寓。她穿上鞋袜，悄悄离开公寓，掩上门，走到地下停车场，她预备借用恕之准备妥当的吉普车。

她开启车门，还未上车，就听见有人在她身后说："打算出门？"

那声音出奇地娇美，一听就知道是关家宝。

恕之转过头："果然，不再叫我姐姐了。"

"深恕之，我是警方关芷少尉，我现在要逮捕你。"

"什么罪名？"

"谋杀，伤人，讹骗……警方追缉你们已有两年。"

这时，关少尉的伙伴一只豹子般奔近："公寓内没有人。"

关少尉追问："王子觉呢？"

"他在医院，无恙。"

关少尉循例宣读："你可以维持缄默，但是，你所说一切，将会用作呈堂证供……"

伙计说："深忍之没有车，我召人到附近找他。"

"不用了。"

他们三人一起转过头去。

深忍之已在关少尉背后，一柄手枪抵住她颈部大动脉，那武器正是王子觉的自卫手枪。

他在关少尉耳边轻轻说两句话，两名警方人员静静解下枪械放地上。

恕之立刻拾起。

她问关少尉："请问，你怎么知道已经泄露行踪？"

关少尉无奈："你到大学打探，又去警方调查。"

恕之点点头。

他俩把警方人员锁进车房储物柜，兄妹俩交换一个眼色：
"走吧。"

两人忽然忍不住笑起来，肩搭肩，像以往一般亲密。

恕之说："我以为你快要结婚。"

忍之答："你更糟，你已经结婚。"

恕之隔着储物柜门说："关少尉，我们并没有杀人。"

忍之说："别多话。"

他们跳上吉普车，呼一声开出去。

"能关住他俩多久？"

"三分钟。"

一路驶出公路，恕之说："你可以一走了之，不必理我。"

忍之冷笑："什么？我身边没有钱。"

"你还愁没钱？太客气了。"

"让你一个人去警局，没有的事。"

恕之用手捧着头，由始至终，他只有她，她只有他。

车子转入小路，一直驶，直到进入另一个省，直至汽油
用罄，他们在车上睡了一宵。

第二天是个雨天，他们转乘公路车，一进大路，就看到

交通指示牌上打出警方通告，追捕他们那辆吉普车。

他俩在小型飞机场下车，刚想到柜台买飞机票，就看到电脑已经印出两人照片，贴在玻璃门上。

他们连忙走避。

恕之在附近小路边用现款租一间旅舍及房车，两人剪短头发染了棕色，恕之架上太阳眼镜。

他们继续流亡。

两三个月后，案件便会冷下来，届时又是另一番局面。

他们转到另一家旅馆，再换一辆车。

最后，迁入一间度假屋，自称是新婚蜜月夫妇。

度假屋在湖边，冰川湖呈奇异蔚蓝色，像山里一颗宝石。初夏，游人如鲫，混进游客中，如大海里两滴水。暂时安全了。

两人好久没有浸浴，恕之把身体潜下浴缸，浸个痛快。

忍之喝啤酒看报纸，他悠然自得。

两人又在一起，背对背，对付敌人。

深忍之把枪包在纸里，吩咐恕之："丢进湖里。"

恕之轻轻说："我从来没有开过枪。"

她替他剪了一个平头，叫他换上老实普通的西装，人前，他们自称朱先生朱太太。

警方找到他们弃置的吉普车，油箱用罄，什么痕迹也没留下，这两个人已是老手。

王子觉轻轻对律师说："他们错了，不关恕之的事，如果有人需要负责，那只是忍之，恕之完全无辜。"

"王先生你可有损失？"

"我妻子失踪。"

"警方会尽量追寻。"

"我只想她自动回来。"

他在报上刊登启事："凡事由律师循法律途径解决，请尽快与我联络。"

忍之把报纸放在恕之面前。

"多么吸引。"

恕之答："从前，我也那么想。"

彼此以为可以丢下对方，新的开始，新的生活。

可是，把他们分隔开来放在安全环境，两人惘然若失，如今又在一起，却无抱怨。

两人绝口不提过去，过一天算一天。

"朱太太，口袋里钞票够我们用多久？"

"照此刻速度，一年左右。"

"那很好了，可以喝香槟吗？"

"不成问题，尽管去买。"

他们由一家旅舍搬到另一家旅舍，每天都排满节目：看电影，逛街，跳舞，喝茶，参观名胜。倦了，乘火车往另一个省份。

夏天来临，恕之最开心，她喜爱冰激凌，一天吃三次，跟着出海畅泳，租船去到离岛观光。

"看到没有，这些小岛，有千余个，全部出售，驾船不过一个多小时便可回市区，最小的只有三四亩[1]地，松柏遮天，天堂一般。"

忍之忽然说："可惜我们不够时间。"

恕之不出声，努力走到山坡顶，对牢蓝天白云，忽然大喊："没有时间！"

山谷隐隐传来回音，似小女孩哭泣般声音："……时……间……"

不知名的白色鸟儿受惊，成群自树林中飞走，扑向海边。

---

[1] 亩：地积面积。1 市亩合 666.7 平方米。

忍之站到恕之身边，恕之忽然拉紧他的手，两人一起滚下山坡。

本来属于危险动作，两人却一边滚跌一边大笑，他们被草地树枝擦伤，可是痛痒仿佛已与他们无关，只要畅快。

一直跌到山坡底，还可以听到恕之清脆笑声，忍之叫哎哟。

不远处有一组便衣警员逐家汽车旅馆调查。

"可有见过这一对年轻男女？"

服务人员看了看照片。"这位督察，他们都是年轻男女。"

"看仔细一点。"

"没见过。"

"这一对男女自称兄妹，长得十分漂亮。"

"他们都一个样子，都打算享受生活，男欢女爱，对他们来说，最为重要。"

那督察无奈。

疑犯就在他们眼前隐藏，根本不用刻意躲避。初夏，大批年轻人拥到度假区工作游玩，他们放眼看去，汽车旅馆门前聚集着一群群穿花衫短裤的年轻男女。

警员仍不放弃，逐家逐家打探。

终于在一家叫野百合的酒吧，有个酒保说："给我看仔细一点。"

警员提醒他："这女子极其标致。"

"啊，忧郁的大眼睛。"

"你认得她？可在附近出没过？"

酒保摇摇头："一日上千顾客，我不记得有那样一个人。"

其中一名探员气馁："大海捞针。"

他的上司生气："你也得给我去捞到这两名犯人。"

女侍走近："我看看。"

探员把照片交给她。

"我记得这女子，她给了很丰富的小费，十多元啤酒，二十元小费，笑容可掬，说我是行家。"

警员精神一振："几时的事？"

"昨天下午。"

"啊，她用什么付账，信用卡还是现款？一个人还是两个人？"

"现款。"女侍想一想，"她有男朋友，两人就住在对面豪华旅馆。"

警员反而紧张起来，一人即时联络当地警署，另一人到旅馆探问。

所谓豪华旅馆，一共十多个房间，就在海滩附近，查过登记，只有三对男女符合条件，一对正在搬行李，另一对在晒太阳。

管理人员指着照片："这一对在房间里。"

三四个警员兜上二楼，认准门牌，大声吆喝："警察，开门！"

数秒钟内没有回应，立刻举起枪械，踢开房门。

床上一对年轻男女正在慌忙穿衣，见到警察，举起双手。

"伏在地上！"

两人才十八九岁，已经吓得流泪。

一名探员看仔细他们五官，大为失望："不是他们。"

的确认错了人，两人接着出示驾驶执照、学生证、信用卡，查过通通属实。

探员茫然。

大海捞针，形容得再正确没有。

千里追踪这两个人，漫无结果。

领队说："收队，我下班了，我需要一杯冰冻啤酒。"

豪华旅馆旁边挤满看热闹的人。

一个正吃蓝莓冰激凌的的年轻女子好奇问："什么事？"

"警察破门抓错人。"

"啧啧啧。"

"可不是，当事人立刻投诉，人家正在温存，哈哈哈……"

有人拉一拉吃冰激凌的女子，她随友人隐没在人群中。

他们上车驶离当地。

在市区公寓里，仆人对王子觉说："关芷少尉来了。"

王子觉抬起头："关女士，我无话要说。"

"那么，你净是听就可以。"

她坐到他对面，王子觉无奈，看着她不出声。

"我们到东部调查过孤儿院旧档案，根本没有深忍之及深恕之这两兄妹，他俩并非孤儿院出身。"

王子觉不出声。

"但是，世上有否深氏兄妹呢？有，一九九五年东部贫民区一场大火，三死五伤，其中两名丧生者正是一对小兄妹，他们叫忍之与恕之，当年，他十岁，她八岁。"

王子觉十分震惊。

"小兄妹的身份证明文件，不知怎的，落到他们手中，一直沿用。其间，他们也盗用别的信用卡、旅游证件、保健卡……但我们主要是调查一件命案，王先生，你很清楚苦主是谁。"

王子觉静坐不动。

"王先生，你甚至不知道王太太真实姓名。"

王子觉还是不出声。

"我很佩服你，王先生，你爱一个人，真是爱她一辈子。"

王子觉仍然不发一言。

"她可有同你联络？"

王子觉微微摇头。

"听说，你雇了两名私家侦探，追查她下落。"

王子觉不置可否。

"如有消息，请与警方联络，我们可以交换消息，一人计短，二人计长。"

王子觉自头到尾，不发一言。

关少尉感喟："你也许不知道，她最常用的名字，叫小曼，容易上口，也像她本人。"

王子觉呼出一口气。

关少尉说："我不像是受欢迎的人，打扰你了，有消息我会再来。"

王子觉仍然客套地送她到门口。

"王先生，你身体无恙？"

王子觉到这个时候才开口："我很好，谢谢。"

关少尉离去。

他舒出一口气，坐在书房里，像往日一般，动也不动，度过一个寂寥的晚上。

在另一家小旅馆，深忍之开了一瓶啤酒递给恕之："你猜，他有没有派人找我们？"

恕之接过啤酒："不是香槟吗？"

"香槟空瓶太惹人注目，你猜，王子觉可有找我们？"

恕之摇摇头："我不知道，我也不去猜臆，那好像已经是多年前的事了。"

"谁说不是，天气热得售冰机空空如也。"

"真没想到今年要抱住冰袋睡觉。"

"这个时候，太阳正照在北回归线之上。"

他们开头聊些不相干的事，终于恕之问："万一警方追到我俩，该怎么办？"

"举起双手投降。"

恕之蓦然大笑起来。

"然后，经过一重一重手续：提堂，初审，上诉，再审，或者定罪，或许不。"

"可是，在这个过程中，身在牢狱。"

"那自然，我俩擅于潜逃，肯定不准保释。"

"王子觉会想办法。"

"啊，是吗？你一直对他有信心，经过这么多，仍然信任他。"

恕之叹息："我俩的命运，似乎也不难猜测。"

"你知道警方有多少悬案？为免引起市民恐慌，一字不提，利用人类善忘心理，这些案件渐渐湮没。"

"可是，关少尉忘不了你。"

"我什么也没有告诉她。"

"她却掌握了你的所有资料：指纹、唾液、头发、足印尺寸……你在她家内出入多次。"

"我当时大意无知，是我的错，我全部承认。"

恕之却说："不要再提了，我们还有明天。"

第二天一早，他们上路，发觉多条大路设有路障，租来的车子只得越驶越偏僻，很快，去到一个叫核桃的小镇，路牌标明：人口一千零四名，欢迎游客。

小路尽头，他俩齐齐低呼，是一辆银色餐车。

他们下了车，奔过去。

推开玻璃门，年轻穿小背心女侍走近，边嚼口香糖边笑问："吃些什么？"

恕之说："有什么招牌菜？"

"核桃馅饼加冰激凌。"

"来一客，加牛奶一杯。"

忍之只要一杯咖啡。

女侍与他们搭讪："你们是游客？"

忍之点点头。

"外边世界可是十分精彩？我从未离开过核桃镇，许多同学中学毕业后都往大城发展，很少返来，我却结了婚生下子女，根本离不开。"

恕之忽然问："丈夫可体贴，孩子可听话？"

"还过得去。"

恕之笑："那你还要求什么？"

"到外边开开眼界，不然，总是不甘心。"

他们两人笑了。

这时大厨忽然走出来，大叫一声："清理油槽！"

那女侍十分无奈，走进厨房。

恕之看看桌上的胡椒与盐瓶子、糖罐、纸巾盒，不禁微笑。

她轻轻说："旧谷仓其实冷得要命。"

王子觉把他们接走，真是救命恩人，那时，她真想留下不再流浪，叫她砍下一条右臂交换都愿意。

这名女侍至少有个家，她条件比深恕之好得多。

恕之留下丰富小费，这时，别的客人，陆续进来吃午餐，他们两人离去。

他们手牵手，上车，往北部驶去："快到松鼠镇了。"

"避开松鼠镇，千万别回犯罪现场探视，那里每一个人都认识我们。"

恕之笑："谁还记得我同你。"

这话不假，他们染过的头发已长出黑色发根，活像时下所有追求时髦的年轻人，浑身晒黑，穿 T 恤牛仔裤，毫无特征，相信即使是警长，也需要端详一番，才能认出他俩。

"今日好阳光，我们到小公园晒太阳。"

在城里，关少尉可没有那么悠闲，她与手下开会。

"有无新线索？"

众人摇摇头："他们尚未动用信用卡，为何？"

"因为手头尚有现款。"

"现金来自何处？"

"王子觉，他不愿透露他们是否携械，以及带走多少现钞。"

有人恼怒："我打算控诉王氏为从犯。"

"这个人有点怪，你们说是不是？"

这时秘书进来说几句话，关芷抬起头："那怪人来了，大家散会。"

可不是王子觉前来探访。

关芷迎上去："王先生有什么事？"

"有人在北部大熊湖附近见到他们。"

"大熊湖占地两万平方英里[1]。"

"我的线人相当肯定。"

"我会联络北部刑警。"

王子觉说："我还想知道一件事。"他似难以启齿，终于他问："他们可是兄妹？"

关芷愕然："我一直没想过你原来不知道。"

---

[1] 英里：英美制长度单位，1英里等于5280英尺，合1.6093公里。旧也作哩。

王子觉不出声。

"不，他们并非兄妹，他俩甚至是不同族裔。深忍之有南欧血统，鉴证科认为他可能是吉卜赛人，深恕之是高加索与亚裔混血儿。"

王子觉张大嘴。

"王先生，真难想象似你般精明生意人对妻子底细一无所知。"

王子觉静静离去。

助手进来说："他真似他扮演的那么蠢？"

关芷说："他诸多隐瞒，此人若非大病初愈，警方一早怀疑到他，百分之七十五的女性受害者为熟人所杀。"

"我们已对他展开调查。"

"北部发现两人行踪？北部几乎占地球陆地十分之一，亏他说得出口。"

关芷答："他并非来告诉我们，他知道些什么，他只想打听，我们知道什么。"

"我想找法官给我们一张搜查令去王宅搜集证据。"

"我们没有足够理据，众法官已经多次投诉我们这一组人扰民。"

"我们已经套取到深氏兄妹足印，并不吻合贞嫂失踪现场部分脚印。"

"那些脚印已经被雨水冲至模糊不清，而且，估计穿十四号鞋，什么人有那样一双大脚，他故意穿上大号鞋扰乱现场证据。"

"这件案很快冰冷。"

有人惋惜："最叫人难过的是，松氏夫妇落得如此下场，不过因为他们做了一次好心人。"

关芷不出声。

"少尉你有什么新鲜看法？"

"贞嫂去迷失湖畔，是为着会晤一个人。"

"她有话要说，说什么？同谁说？"

这段日子以来，该组人想得头都发痛。

关芷说："散会。"

要到这个时候，核桃餐车的女侍才看到柜台下贴着的彩色照片，她喃喃说："我好似在什么地方见过这对疑犯。"

大厨对着她吼："美人，把地板扫一扫！"

她急急取过扫帚。

小公园里有不少年轻母亲推着婴儿车出来晒太阳，幼儿也懂得享受，眯着双眼瞌睡，双颊晒得像红苹果。

忍之与恕之从来没想过会有家庭，两个成年人四处流窜已经够惨，谁还想带着小孩。

他们本身便是无家可归的小孩，在地上拾糖果吃，拨掉蚂蚁，不顾异味，塞进嘴里。

恕之轻轻说："看到那卖糖的太太没有，去，把所有糖买下来，分发给孩子们。"

"我们不能吸引注意。"

恕之不出声。

"静静来，静静去，混在人群中，不要声张。"

恕之叹息："夏季特别短，茂盛树叶很快转黄，春去秋来。"

他们背靠背坐着，看着孩子们奔来跑去，这时，有人放起风筝。

"你们家乡也有人放风筝？"

忍之答："全世界人都喜欢风筝。"

"你没有直接回答问题的习惯。"

"我不知家乡在何处，童年一直得照顾饥饿的肚子，未试过拥有玩具，也无暇抬头看风景，这样回答，许可满意。"

风筝一只只放起，七彩缤纷，争同一片天空。

　　恕之仰起头，看得脖子发酸，再看忍之，他用一张报纸遮住脸孔，睡得香甜。

　　恕之知道他像她那样，已经豁了出去。

　　就在这安宁气氛下，一辆警车驶近。

　　恕之用手推一推忍之，忍之已经警惕地睁开双眼。

　　他轻轻起来，拉着恕之，匆匆往停车场走去。

　　这时，救护车也响着号赶到。

　　接着，有人朝警车方向奔去。

　　"什么事？"

　　"有缺德的变态魔把刀片埋在草地里割伤幼儿的脚。"

　　"那种人不得善终。"

　　忍之与恕之对望一眼，把车子驶走。

# 七

内疚是一种极高层次的感觉，
我同你求生还来不及，
怎会有这种奢侈。

回到旅舍，他们收拾行李继续上路。

恕之问："什么叫善终？"

"你大概不会喜欢我的答案：我不知道。"

"是不是活到一百岁无疾而终，在儿孙围绕着哭泣下举行
肃穆仪式？"

"恐怕就是这样。"

"你可有希望长寿？"

忍之回答："我从未想过，亦无必要。"

恕之微笑："想也没多大乐趣，还不是得营营役役张罗三
餐一宿。"

她打一个哈欠，累了。

每隔几天就得搬一家旅馆，换一辆车。

忍之说："回市区可以向朋友租公寓住，你愿意吗？"

恕之却摇摇头。

"松鼠镇就在附近。"

"不要回头，一直往北走。"

幸亏恕之坚持不再走回老路。镇上小小警署忽然热闹起来，关少尉刚刚带着助手赶到。

警长迎出来："我立即带你去现场。"

关芷点头，乘警车出去。

公路边还有小路，他们步行下山坡，警长说："这叫迷失湖，镇上少年在夏季最喜聚集该处。"

这时，湖水却几乎已被大型抽水机泵干。

助手轻轻说："可惜。"

"镇民反对无效，发展商准备在此建造大型商业区。"

"小镇风貌渐失。"

"许多大城市都是这样一日千里发展起来，利弊都有，闲话不说了。水泵干之后，湖底发现各种垃圾，连破烂的废车及独木舟都有，均由工程人员小心登记，以免日后万一有诉讼时失却证据。"

关芷小心聆听。

　　"他们打捞到这个。"

　　警长出示照片。

　　关芷嗯一声，她看到一支精致的特制拐杖，挑花木，银制手柄。

　　"很多人见过这支手杖，它属于王子觉所有。"

　　关芷问："可是在湖中心发现？"

　　警长摇摇头，他穿着塑胶防水长筒靴，一直走下湖边，在一个地方站定。

　　"这里。"他说。

　　关芷拾起一块石头，在心中称一称重量，用力扔出去，石块落在警长不远之处。

　　警长说："我们也那么想。"

　　关芷点头："有人用完这支拐杖后，奋力扔进湖中。"

　　警长走回岸边："王子觉从未报失。"

　　"也许他认为是小事。"

　　"我们找到档案照片，请你来看。"

　　关少尉随着警长转回派出所，坐下。

　　警长取出文件中照片，是一张受害人后脑伤口的近照。

　　他说："这并非致命伤口，可是，你看。"

他把拐杖手柄的透明图印放在伤口上，两者形状完全吻合。

关芷看着小镇警长，这也不是一个完全不办事的人。

"关少尉，我知道此刻由你接办此案。"

"我负责追捕深恕之与深忍之二人。"

"这两兄妹已随王子觉离开松鼠镇，此刻看来，关少尉，我怀疑凶手另有其人。"

他的语气十分炙痛，像是被他最信任的人出卖一般。

"你从未怀疑过王子觉？"

"王氏几乎建立了半个松鼠镇，倘若他没有搬迁，建筑商怎能得逞。"

"他的旧居呢？"

"已经出售。"

"受害人失踪前后，王子觉全无异样？"

"我记得很清楚，第二天一早他与深恕之结婚，他幸福满足，一脸红光。"

"这支拐杖不过是表面证据。"

"至少可让王先生解释，它怎么会落在迷失湖中。"

"你可有请鉴证科测度造成伤口的力道？"

　　"每平方英寸[1]三十磅[2]，正是一个瘦小男子的臂力，符合王子觉身形。"

　　关芷说："两名疑凶一直潜逃，造成更大嫌疑，他们为什么不站出来说话？"

　　警长苦笑："他们兄妹是流民，王子觉是他们的救命恩人，他们有口难辩。"

　　"我以为深恕之才是王氏的救命恩人。"

　　警长也糊涂了，无话可说。

　　"可有探望松山？"

　　警长点点头："他情况时好时坏，子女从未出现。一次，他对我说闲得慌，希望到厨房帮忙，可是，被婉拒了。"

　　关芷站到天窗前："警长，你有孩子吗？"

　　"两个儿子，在东部读大学。"

　　"他们会回来发展吗？"

　　"视经济情况而定，所以，我不完全反对发展迷失湖。"

　　关芷不出声。

　　警长说："我印了一套文件给你。"

　　————————————

　　[1] 英寸：英美制长度单位，1 英寸等于 1 英尺的 1/12。旧也作吋。
　　[2] 磅：英美制质量或重量单位，1 磅约合 0.4536 千克。

助手说："这次，法官可一定批准发出搜查令。"

警长说："关少尉劳驾你了。"

关芷与助手乘搭小型飞机回到城里。

助手困惑："谋杀均有动机，王子觉的动机是什么？"

关芷轻轻说："他的拐杖是凶器，他不一定是凶手。"

助手问："你希望谁是凶手？"

关芷苦笑："这是什么问题？我不希望任何人是凶手。"

"可是，发现新证据之后，你好像松下一口气。"

"相信你也一样。"

"你同情那一对孤儿？"

关芷不再回答。

她回到警署，第一件事便是申请搜查令。

王子觉来开门时十分错愕。他立刻通知律师。

搜查人员知道要寻找一双十四号大鞋，却无影踪。

他们在书房暗格找到一只不锈钢盒子，打开，有注射器及药粉。

"药粉是什么？"

"需要化验。"

关芷走进深恕之居住过的寝室，检查靴柜。

　　房里衣物动也未动，像是一座纪念馆，王子觉像是要专心等深恕之回来。

　　她发觉深恕之只穿六号鞋，鞋子里有垫子，垫边有少许白色粉末。

　　她取回检查。

　　关芷收拾证据离去。

　　律师铁青着面孔："少尉，我还以为我们是朋友。"

　　关芷本来不是多话的人，此刻忽然笑了："我是警员，你的当事人是疑犯，我们从来不是朋友。"

　　第二天一早，关芷去见鉴证科同事。

　　同事正在喝咖啡吃松饼，她说："白色粉末是砒霜。"

　　关芷意外，皱上眉头："可是，没有人中毒呀。"

　　"有。"同事说，"这双鞋的主人。"

　　"深恕之的鞋子。"

　　同事说："鞋垫上有毒素，他把毒粉调稀，注射入鞋垫，手心与脚底皮肤最易吸湿，毒素缓慢进入体内，若替鞋子主人验血，可以证实，两者毒素成分完全吻合。"

　　关芷完全不明白："为什么？"

　　"那是价值一百万元的问题，砒霜如此稀释，一百年也杀不死人，或者，他打算渐渐加重分量。"

关芷哧一声笑："这里有错误，疑凶忽然成为受害人？"

"证据不会说谎。"

关芷无言。

同事说："砒霜有许多用途，日本有一只非常著名，令妇女趋之若鹜的美容霜，北美洲全禁入口，传说含有砷素，适当含量能令皮肤美白。"

关芷抬起头来。

"还有一个未获药学证实的用途，却广泛在黑社会应用……它可以使人讲出真话，把心中隐瞒的秘密，缓缓透露出来。"

关"啊"的一声。

"你有顿悟？"

同事把实验室报告印一份交给她。

关芷说："我要去见一个人。"

"关芷，你最好与检察官商量一下。"

面皮已经撕破，关芷直赴王宅。

应门的正是年轻律师，他极端恼怒："请勿再骚扰王先生。"

关芷把文件放在他面前。

他读过之后也极之讶异。

这时，门铃响起，仆人去开门，律师振作起来："我师傅平律师到了。"他吁出一口气。

平律师到底是长辈，气定神闲，打过招呼，听徒弟汇报，沉吟不语。

半晌她说："子觉在接受骨髓移植后判若两人，失去自我控制。"

关芷看着她："你打算用这个理据替他辩护？"

平律师反问："你准备拘捕我的当事人？"

"正是。"

"什么理由。"

"他蓄意毒杀深恕之。"

"别开玩笑，少尉，深恕之不知所终，王子觉才是受害人。"

"正是，深恕之失踪多日，她去了何处，这可是一件人口失踪案，抑或，另有内情？"

平律师生气："你强词夺理，你明知深恕之离家出走。"

"她身上有砒霜，她走到什么地方去了？"

这时，关芷身边手提电话响起。

她侧身去听，"啊"的一声。

她收起电话，对平律师说："你与王先生，有时间应该到派出所来一趟，迟者自误。"

她匆匆回派出所。

一进门便问助手："在哪里？"

"凤凰国际飞机场，他俩要求即时购买两张单程往伦敦票子，柜员循例把他们护照上的照片与电脑中存放疑犯的照片核对，十五秒钟后，叮一声，原来是深恕之小姐与深忍之先生，他们用的是假护照。"

"你还坐在这里？"

"柜员一抬头，他们已经走脱。"

关芷顿足："立刻赶往凤凰飞机场，去。"

那天上午，航空公司柜台人员看到一对年轻男女手拉手走近。

"今日往伦敦飞机票可还有空位？"

"十时半一班只余头等舱。"

"两张。"男子递上信用卡。

"国际旅程需检查护照。"

两人交出护照，柜台员检查过，她顺手将护照放入最新容貌核对器，她注视核对结果，红色大字打出"涉嫌谋杀"。

柜台员大惊，立刻按动无声警报。

她尽量装作若无其事抬起头来："先生，该班飞机全舱禁烟……"

但是那一对年轻男女已经在她眼前消失。

驻守飞机场警员荷枪实弹赶到，立刻去守卫大门，可是经过搜查，一无所获。

假护照假信用卡全部留在柜台。

柜台员对关少尉说："他们不像罪犯，两人很亲密，像一般恋人，由男方做主，但不似很精明的样子。"

"谢谢你的观察。"

"不过，迟了一步，我一定注视屏幕太久，被他们发觉。"

关芷说："不是你的错。"

助手吩咐警员："设路障逐辆车搜查。"

关芷抬起头来："为什么？"

在一家快餐店里，恕之也在问："为什么？"

忍之答："我想去欧洲。"

"插翅难飞。"

"在这块地方兜兜转转，实在憋得慌，去到欧洲，恐怕会自由，试一试。"

恕之叹口气："你不让他们下台，他们也不给你过好日子。"

"躲了那么久，真腻了。"

"有一个地方，你一直想去。"

"那是什么地方？"

"我们到南部海岸，租一座灯塔居住，对牢大海，无牵无挂。"

"能住多久？"

"不必烦恼，能多久就多久。"

"还有足够的钱吗？"

"我会想办法。"

忍之怜惜地看着她："你那么蠢，有什么办法。"

"如果在东南亚，可以租船偷渡到附近小国。"

"这里离古巴也不远，你可谙西文？"

两人忽然不再忧虑，大笑起来。

过了两日，关芷在办公室接见王子觉与平律师。

平律师一见她便说："失敬失敬，原来少尉便是传说中的关美人。"

关芷轻轻说："平律师好兴致。"

王子觉一直不出声。

"王先生身体可好？"

"子觉已与常人无异。"

"王先生企图毒杀你的妻子以及救治你的人，是合适的做法？"

"子觉，你不用回答这种问题。"

王子觉镇静微笑。

"这叫作与警方合作？"

平律师说："我们到这里完全出于自愿合作，如果遭到不礼貌待遇，立刻离去。"

"王先生，针筒与毒药要来何用？"

王子觉轻轻答："你知道得很清楚。"

"不，我不清楚，你说给我听。"

平律师没好气，取出一本精致熨金封面小书，翻到某一页，递给关芷读。

关芷看到封面上字样，略觉尴尬，看到平律师指着那一页那一行："……砒霜可增加不可言喻之欢愉，行使方法如下……"

平律师说："这小书还有其他秘方，十分有趣，并非全无科学根据。"

关芷气结，她不动声色。

"王先生，你的拐杖，在干涸的迷失湖中发现。"

王子觉仍然不徐不疾地答："我不止拥有一支拐杖，随意放在家里，每个人都看得见，每个人都可以借用。"

他态度奇佳，不卑不亢，不温不火，充分合作。

平律师问："关小姐，你还有什么问题？"

关芷看牢王子觉："王先生，你可有杀害贞嫂？"

王子觉平静地答："我没有。"

"子觉，关小姐心中疑团已释，我们可以走了。"

关芷忽然问："王先生，你晚上睡得好吗？"

王子觉脱口便答："我十分思念恕之，时时辗转反侧。"

平律师说："关小姐，够了，警方要的疑犯并不是王氏，除非你对其他人有特殊感情，听说，你为着查案，曾经充当某人的未婚妻。"

姜是老的辣，说完她与王子觉离去。

助手斥责："无礼！"

再看上司，关芷却不动怒，她正在沉思。

在车上，平律师对徒弟说："你陪子觉到欧洲去度假，走，越快越好。"

王子觉并没有反对，他只是说："倘若恕之回来……"

平律师并不与他争执："倘若她回来，我会通知你。"

她还有许多事要办。

她约见了一直雇用的私家侦探。

对方问她："事情怎么样？"

"王子觉似随时愿意招供，他们二人下落如何？"

探员叹口气："他俩自中部随王子觉走到西岸，然后不告而别，走向北部，现在，又折向南方。"

"好本事。"

"老平，他们一定要租车子用，且必须住宿，盯着这两条线跟踪，必定有线索。警方案件太多人手不足，否则，所有逃犯均可归案。"

"他们此刻在何处？"

私家侦探摊开地图："我的伙计说他们在海岸镇租房子住，他俩的要求很奇怪，他们租了层灯塔。"

平律师不出声。

"我觉得事情异样，他俩似已厌倦逃亡，打算放弃，你可需知会王子觉？"

平律师沉吟。

"如否，警方很快会找到他们。若果他俩异口同声指证王子觉，在法庭上会有点麻烦。"

平律师忽然问："你怎么看这两兄妹？"

"他们当然不是真正兄妹，可是两人相依为命的感觉，却真叫人恻然。"

"他俩也试图离开对方，寻找新生，不知怎的，又回转对方身边，一起逃亡。"

"王子觉多么不幸。"

平律师说："故事还没有结束呢。"

"你打算把案子钉在深忍之身上？"

"不是他还有谁，有目击证人在该日看到他清晨离开王家驾车往迷失湖方向。"

"那醉汉说的话不能信，给他一瓶劣酒，叫他认是凶手，他也无所谓。"

"动机是什么？"

"两个男人都不愿有人伤害深恕之。"

"深恕之是那样不可抗拒的女子吗？"

"你要知道，那是两个世上少有的寂寞人。"

平律师叹口气："谁不是。"

"老平你还是新婚。"

"我真算幸运。"

"老平，这是海岸镇灯塔的位置，记住，他们可能持有枪械。"

有了固定地址，恕之即时订阅报刊，请杂货店每日送牛奶鸡蛋面包水果上门，当灯塔是一个正式的家。

一生都想过正常家庭生活的深恕之不顾一切做起小主妇，每天在厨房兜转，她做的全是粗浅美味的甜品：苹果馅饼、蓝莓松饼、巧克力饼干、橙皮蛋糕。

忍之乐于捧场，很快胖了一圈。

他们躺在沙发上看电视新闻，只见全世界炮火连天，没有一寸安乐土。

起坐间在灯塔中部，可以看到蔚蓝的大西洋。

恕之忽然说："有一个人，每晚开灯睡觉，一夜，他忽然决定熄灯，第二天早上，他知道做错，内疚自杀，为什么？"

忍之答："他是灯塔守卫员，当然每晚开灯睡觉，一日，他熄掉大灯，第二早发觉有船触礁，故此内疚。"

两人都笑起来。

半晌恕之问："你有内疚吗？"

忍之答："你了解我多于我自己。"

这是真的。恕之又说："内疚是一种极高层次的感觉，我同你求生还来不及，怎会有这种奢侈。在一个清风明月的晚上，忽然检讨起自己的过失……猫捕鼠有内疚吗？我想不。"

忍之点头。

恕之问："你可有杀害贞嫂？"

一直不能出口的问题终于自她口中吐出。

忍之意外："我以为那是你！"

恕之指着胸口："我？"她跳起来："不，不，不是我，你怎么可以怀疑是我。"

忍之跳起："如果不是你，我又何必与你一起流亡。"

"我以为是你，忍之，我以为是你。"

电光石火间，两人目光相遇，他俩蓦然恢复少年时彼此信任的感觉。

恕之吁出一口气："我是多么愚蠢，我一直怀疑是你。那天一大早，我明明看见你驾车出去，片刻回来，满脸泥泞，后来，我一直找不到那双靴子。"

"被我拿到镇上丢掉了。"

忍之捧着头，沉默半晌，然后说："我听到贞嫂威胁你，我约她在清晨六时见面，我不能容许她伤害你。"

恕之黯然："你打算怎样应付她？"

"必要时，把她推进迷失湖。"

恕之恻然："那是动机。"

"我到达迷失湖，看见松氏的旧货车停在路边，以为松山也来了，心想不好应付，可是，湖畔并没有人。那天大雨，满地泥泞，我等了二十分钟，浑身淋湿，终于回转，一无所得。稍后，举行婚礼，警长与松山一起出现，我才知贞嫂已经失踪。"

恕之苦笑。

"我以为是你，你解决了威胁你的人。"

恕之缓缓说："不是我，我没有出去过。"

忍之揶揄："你不会容许任何人破坏你的幸福。"

恕之无言。

忽然之间，她掩住胸口大笑起来。

忍之完全明白她笑的是什么，他十分无奈："是，如果我俩都互相怀疑，在警方面前，我们还有什么机会？"

他们颓然背对背坐下。

恕之看着大海，她轻轻说："如果不是你，也不是我，那只有子觉了。"

"王子觉与松鼠镇任何人没有仇怨。"

恕之微微笑："是我把仇恨之心灌注进他血液里。"

忍之也笑："你捐赠的是骨髓，不是毒咒。"

"可是，我的个性，我的感情，也随着我的骨髓进入他的血液。"

他俩轻松言笑，像是在说别人的事一般。

这时，有人按门铃，恕之到窗前张望，看下去，原来是杂物店小伙计送食物来。

"该付账了，我下去。"

她把门打开，付清账项，那十一二岁的送货男孩看着她忽然说："我见到你的照片贴在银行门口，那时你的头发没有那么长。"

恕之呆住。

半晌她说："你看错人，去，去。"

忍之站在她身后。

他说："上车，我们又该上路了。"

恕之摇摇头。

"什么意思？"

"我不走了，我喜欢这座灯塔。"

"警察很快会来逮捕我俩。"

"我们不是凶手。"

"他们可不关心，那是十二个陪审员的事，他们但求破案，将我俩绳之以法。"

恕之把牛奶瓶子捧进屋内，关上门。

"快收拾行李，走吧。"

恕之转头说："我们去自首。"

忍之诧异："你还有什么主意?"

恕之微笑："让关家宝立一功，来，由你亲自告诉她，你在什么地方，那是你的未婚妻，她并不可怕。"

忍之脸色转为苍白。

"把实情告诉她：我俩不是凶手，我俩已厌倦逃亡，落网是迟早的事，去，去打这个电话。"

忍之一声不响。

恕之打一个哈欠："我去睡中觉。"

忍之追上去："警方随时会得出现。"

"我知道，让他们出现好了。"

她叹一口气，蜷缩进被窝："不要叫醒我。"

"你怎么睡得着？"

"因为我清楚地知道，凶手不是你，也不是我。"

恕之蒙头，不久，传出均匀的呼吸声。

忍之索性到厨房去准备晚餐，他做了一大锅焖羊腿，恕之在睡梦中都闻到香气，她喃喃说："不走了，走不动了。"

初秋，天黑得早，恕之睡醒，推开窗，看到黄叶翩翩打转纷纷落下。

"啊。"她说，"已经秋季了？"

她搭上披肩，匆匆下楼，看到忍之捧出香槟。

"有音乐就好了。"

忍之取出小小收音机，拨到音乐台。"跳个舞。"

恕之嘻嘻笑："我差点忘记有人教懂你舞技。"

他们干杯，轻轻拥舞。

"忍之，你最早最早的记忆是什么？"

忍之毫不犹疑答："我独自坐一角哀哀痛哭，你呢？"

"母亲紧紧抱我在怀中。"

忍之取笑她："你做梦。"

"真的，那是一个冬日，大约两岁，我穿得很臃肿，年轻的母亲抱着我，身边，站着比我大几岁的哥哥。"

"啊，那么清晰，后来呢？"

"不知发生什么，他们消失了，只剩我一人，在街上流浪，后来，在儿童院，看见了你。"

忍之又斟满香槟。

"过来吃我做的焖羊肉。"

他又开了一瓶红酒。

忽然，恕之侧起耳朵，她关掉收音机。

这时，忍之也听见有车子驶近。

恕之搭上披肩，去打开大门，忍之贴近站在她身后，一切同从前一样。

不是警车，是一辆小小黑色吉普车，驶到灯塔门口停下。

车门推开，他们看到王子觉下车。

恕之不由得笑起来，他们三人又碰头了。

她朝他挥手："子觉，快进来吃晚饭。"

王子觉上前凝视逃妻："你瘦了。"又对忍之说："你也是。"

王子觉看着红红炉火："这里好舒服。"

忍之斟一杯酒给他："你好吗？"

"一直在找你们。"

"子觉你神通广大。"

恕之说："我们天天讲起你。"

王子觉喝一口酒："说我什么？"

"说你得到了恕之的劣性因子。"

王子觉微笑："这是没有的事。"

他又斟满一杯酒，坐到恕之身边，恕之让开身体，叫他坐得舒服一点。

王子觉说："恕之，我们走吧。"

恕之诧异："走到什么地方去，假装什么也没有发生过？"

忍之头一个大笑起来："子觉，你跑这么远来说这种话？快坐下吃菜，我们欢聚一宵，明早你一个人离去。"

王子觉说："恕之，还来得及。"

恕之轻轻夹菜给他："我的名字并不叫恕之，那是一本伪造葡萄牙护照上的姓名。"

"为什么？恕之，为什么？"

恕之温柔地握着他的双手："我误会我可以离开忍之，其实不能够。"

子觉颓然。

忍之问："子觉你可有带警方同来？"

王子觉摇头："我不会那样做。"

"那么，你休息一下，回家去吧。"

王子觉忽然说："我们照旧三个人在一起生活，忍之，我从来不反对你与我们同住，我们一起到欧洲小国生活，我有办法入境。"

"子觉，你想得太多了。"

王子觉还想斟酒，忽然之间，他觉得晕眩，伏在桌子上，动也不动。

忍之站起来，指着恕之："你——"

"我下了药，好使他好好睡一觉，明早睡醒了看法不一样，他可能静静离去。

"我们先走吧。"

忍之一边说一边搜王子觉身上现款，忍之取出塞进自己口袋，他永远是个小偷，恕之知道他改不过来。

"如何处置王子觉？"

"我们都休息吧，明天再说。"

"恕之，不可留他在这里。"

恕之微笑："世上只有你们两个人对我最好，我真不舍得你们。"

恕之把王子觉拖到长沙发上，替他盖上薄被。

忍之说："我们用他的车子，立刻驶往火车站。"

恕之不出声。

"你不走，我背你。"

恕之不去理他，她轻轻抬起头。

忍之走近去拉她的手，可是忽然乏力，他咚一声摔到地上，脸还没有碰到地板已经昏迷。

恕之轻轻说："记得吗？那时我们常用这只无色无嗅的药水，在酒吧下手，随他人离去，走进小巷，他倒地不起，我俩搜刮所有财物离去，好处是他们醒后毫无记忆……"恕之的声音低下去。

她静静把桌子收拾干净，坐下沉思。

天边露出第一丝曙光之际，她听到好几辆警车自远处驶近，并没有响号。

车子在灯塔前停下，关芷先轻轻下车，用一只扩音器对牢灯塔说："我们是警员，深恕之与深忍之，请举起双手，放在头顶，慢慢走出来。"恕之不去理她。

半晌，电话铃响起，恕之知道是警方打进来的。

她伸手接听，对方是关芷："恕之，我知道是你，出来，我尽量帮你洗脱罪名。"

恕之答："我有人质王子觉，你要小心。"

对方大吃一惊："恕之，不要越陷越深。"

恕之说："你要抓的人是我。"

"你们都争着认罪，何故？"

恕之微微笑："我们三人相爱。"

关芷说："只有我会相信你。"

"我要切线了。"

"你们三人，手放在头上，缓缓打开门，逐个走出来。"

"哼。"恕之放下电话。

她走到楼上，自抽屉里取出手枪，放进口袋。

自王宅出来，她一直带着这把巴列泰小手枪。

她没有打算逃跑，也没准备投降。

她蹲下在忍之耳边偷偷说："醒来，忍之，醒来。"

忍之比较强壮，较易苏醒，他睁开双眼。

"警方在门口。"

忍之发呆，他用手捧着头。

恕之递一大杯黑咖啡给他。

他走近窗口，往外张望，只见三四辆警车包围灯塔，警
车顶上蓝光闪闪。

忍之顿足："我们走投无路。"

恕之却说："我们有人质。"她指着沙发上憩睡的王子觉。

忍之叹口气："我才不想扛着他四处走，恕之，本来我们还可以有机会逃脱。"

恕之说："听我讲，灯塔通往海岸石阶处有一只小小摩托艇，我们把船驶远，有大船接载，可以驶往欧洲。"

"昨天为什么不去？"

"昨天一切还没有准备妥当。"

"你与谁联络？为什么我什么都不知道？"

恕之不再回答，她取起电话听筒："关芷，我们三人将从后门离开，切勿行动，否则，人质会有危险。"

"深恕之，前无去路。"

恕之笑："我知道。"

她放下电话，打开后门，忍之把王子觉背在背上，随着恕之走出灯塔。

警方荷枪实弹围在不远之处，看着他们缓缓走向石阶，登上一艘白色小艇。

恕之熟练地启动小艇引擎。

忍之说："汽油不够。"

"你放心好了。"

小艇缓缓驶离码头。

离码头约一百码[1]之时,他们听到直升机在天空盘旋。

恕之镇定地说:"把王子觉扔下水。"

忍之大吃一惊:"他还没有醒,他会溺毙。"

恕之镇定地说:"不怕,警员数十秒钟之内可以把他救上岸。"

忍之想了一想,不禁怀疑:"我们走得脱吗?"

"现在!"

她把小艇加速,忍之只得听她吩咐,把昏睡的王子觉推到水中。

附近的警员哗然,有人立刻跃下水中游往拯救王子觉。

恕之趁乱把小船一支箭般驶往大海。

她把速度加到最高,海岸渐渐远去,可是直升机仍然追了上来。

恕之把船直线驶出,忍之疑惑地问:"恕之,你要到什么地方去?"

---

[1] 码:英美制长度单位。1 码合 0.9144 米。

恕之没有回答，过一会儿她说："今天是个晴天，而且天气冷冽。"

忍之追问："恕之，你有什么打算？"

"你呢？"她转过头来微笑，"你想怎样？"

"接应我们的船在哪里？"

"很快就来。"

她把船停下，汽油即将用罄。

忍之问："你打算投降？"

恕之说："我有点冷，过来坐我身边。"

忍之握紧她的双手。

恕之轻轻问："你愿意陪我吗？"

忍之忽然镇定下来，他据实回答："我离不开你。"

"我也是。"

恕之熄掉引擎，小船开始在海上漂浮。

"可记得我们怎样离开最后一个助养家庭？"

恕之轻轻说："我不记得了。"

"那个胖子……被我自你身上拉起，狠狠用皮带抽了一顿，然后带着你逃走，他用手捂着你的脸，你脸上淤青长久不散，险些窒息。"

"我们好像没有报警。"

"失败的制度，布满漏洞，我同你，自纰漏处筛下，社会底层渣滓……"

恕之一直微微笑。

这时，远处有快艇追上来，直升机在他们头顶上浮动徘徊。

恕之问："我们不会再回到那制度里去。"

忍之看着她："我明白。"

这时，关芷在直升机司机身边，用望远镜看下去。

她同助手说："的确是他们两人。"

"谁是主犯，谁是人质，抑或，两个都是逃犯？"

关芷毫不犹疑："女方一直是主犯。"

"船上有挣扎！"

他们看下去，果然，小船左右摇晃，有人似想站起来。

"伙计的快艇已经驶近。"

"暂时不要逼近，他们或持有枪械。"

两艘快艇静静停在附近。

"少尉，我们需要行动。"

关芷叹口气，沉吟。

就在这个时候，深恕之用手指着天空，对她兄弟说：

"看，关芷在上边。"

忍之抬起头，恕之趁他分散注意，忽然在他后脑开枪。

关芷在空中看得一清二楚。"啊。"她大叫起来，"行动，行动！"

深忍之的身体软倒在小船上。

恕之紧紧将他拥在怀中，她轻轻说："我说过，我们会离开这里，忍之，我累得不得了。"

恕之对牢她头部也开了一枪。

没人听到枪声，快艇上的警员接近两人的时候，发觉他们脸色异常平静，像是一对情侣，在一个秋日，看到大好阳光，出来欣赏秋色黄叶，累了，躺下，休息一会儿般。

两人的额角都有血渍，小小枪孔，并不可怕。

其中一名警员说："没有疑点，他杀，然后畏罪自杀。"

他们抬起头，向直升机上的同事挥手。

警员把小艇拖回岸边。

远处看去，海岸镇风景如画，蓝天白云，衬着碧绿海洋，白色灯塔就在小丘之上，这时，许多居民聚集在岸边，窃窃私语看着海警归队。

有一个人，由警方陪伴，他浑身湿透，肩上搭着橘红色毯子，呆若木鸡，茫然看着快艇接近。

他是王子觉。

救护人员立刻着手处理善后工作。

直升机降落，关芷走出来，跑近法医。

法医问："可是他们二人？"

关芷看一眼，点点头，也许因为风大，她眼鼻通红。

法医说："案子结束，你可往松鼠镇销案。"

关芷轻轻问："为什么？"

法医诧异："少尉，该类案件全国各处每个月都在发生，有什么稀奇？"

居民渐渐散去，茶余饭后，肯定多了许多闲聊资料。

**图书在版编目（CIP）数据**

爱情只是古老传说 /（加）亦舒著 . -- 长沙：湖南文艺出版社，2022.3
ISBN 978-7-5404-9825-2

Ⅰ . ①爱⋯ Ⅱ . ①亦⋯ Ⅲ . ①长篇小说—加拿大—现代 Ⅳ . ① I711.45

中国版本图书馆 CIP 数据核字（2022）第 025292 号

上架建议：畅销·小说

**AIQING ZHISHI GULAO CHUANSHUO**
**爱情只是古老传说**

作　　者：[加]亦舒
出 版 人：曾赛丰
责任编辑：匡杨乐
监　　制：毛闽峰
策划编辑：李　颖　陈　鹏　肖雅馨
特约编辑：赵志华
营销编辑：刘　珣　焦亚楠
版权支持：王媛媛　姚珊珊
封面设计：尚燕平
版式设计：李　洁
出　　版：湖南文艺出版社
　　　　　（长沙市雨花区东二环一段 508 号　邮编：410014）
网　　址：www.hnwy.net
印　　刷：三河市兴博印务有限公司
经　　销：新华书店
开　　本：875mm × 1230mm　1/32
字　　数：132 千字
印　　张：8
版　　次：2022 年 3 月第 1 版
印　　次：2022 年 3 月第 1 次印刷
书　　号：ISBN 978-7-5404-9825-2
定　　价：49.80 元

若有质量问题，请致电质量监督电话：010-59096394
团购电话：010-59320018